周作人著作

知堂乙酉文编

钟叔河——编订

U0912335

岳麓書社·长沙

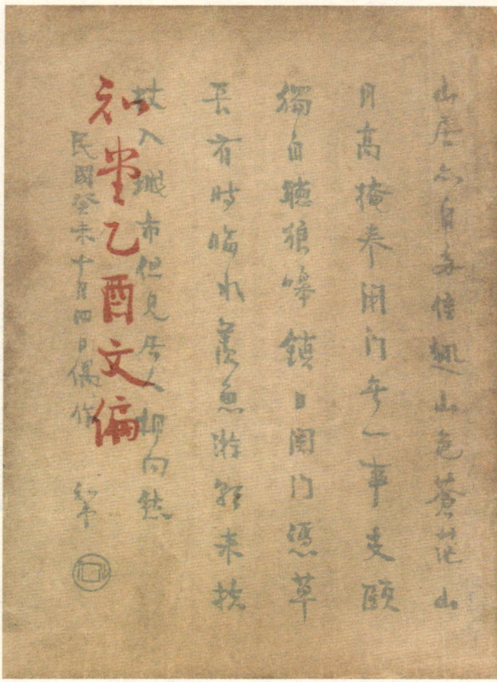

香港三育本《知堂乙酉文编》

岳麓书社开始重印

周作人著作

人归人，文归文。周作人其人的是非功过是另一问题，其书的主要内容是对传统文化和国民性进行反思，对中国——西方和中国——日本的文化历史进行比较研究，今之读者却不可不读。岳麓书社以编印《知堂书话》《知堂序跋》《知堂杂诗抄》之熟手，已经开始重印周作人的全部著作，1987—88两年内全部出齐，力求：

书价最便宜　　装帧最大方　　校订最精审

“民国”时期尤其是沦陷时期所印书，错字甚多。岳麓书社决定由编审亲任周氏著作的校订，对原印本错字悉予改正，同时仍列出勘误表，记载原有错讹，以便对勘，且示负责。各书均分单本平装、合订精装两种版本，一利卧读，一利庋藏。周氏的集外文和未刊稿，亦正请上海黄裳、北京舒芜、香港黄俊东、新加坡郑子瑜诸先生协助整理，由本社初版印行。特此广告，请读者速向当地新华书店预订。本社即将请各省市书店统一报数。

自己的园地 0.99元
雨天的书 0.90元
泽泻集 0.50元
过去的生命 0.45元
}大32开精装 合订本3.90元

谈龙集 0.90元
谈虎集 1.66元
}大32开精装 合订本3.95元

永日集 0.81元
看云集 0.95元
夜读抄 0.90元
}大32开精装 合订本3.90元

苦茶随笔 0.99元
苦竹杂记 1.05元
风雨谈 0.90元
}大32开精装 合订本4.35元

瓜豆集 0.99元
秉烛谈 0.81元
药堂语录 0.45元
药味集 0.70元
}大32开精装 合订本3.95元

药堂杂文 0.90元
书房一角 0.95元
秉烛后谈 0.80元
}大32开精装 合订本3.60元

苦口甘口 0.85元
立春以前 0.95元
过去的工作 0.54元
知堂乙酉文编 0.75元
}大32开精装 合订本4.00元

知堂回想录 2.90元（精装）4.50元

欧洲文学史 0.78元
艺术与生活 1.25元
儿童文学小论 0.53元
中国新文学的源流 0.55元
}大32开精装 合订本4.00元

〔以下系初版新书，不属重印〕

知堂集外文编（上、下） 7.00元

知堂书话（上、下） 6.00元

知堂序跋 3.20元

知堂杂诗抄 0.80元

儿童杂事诗（丰子恺插图） 1.20元

编者的话

钟叔河

一九八七年一月三日《光明日报》上，岳麓书社刊出了我拟稿的一帧广告（左图），宣布了书社和我对重印周作人著作的观点：

“人归人，文归文。周作人其人的是非功过是另一问题，其书的主要内容是对传统文化和国民性进行反思，对中国—西方和中国—日本的文化历史进行比较研究，今之读者却不可不读。……”

随即便开始出书。既出周作人著作的单行本，也出精装合订本。两年之间，出了二十四种。

书当然不是想出便能出的，得按规矩，走程序。周家授权了，报告批复了，宋木文、杨牧之、伍杰各位领导都当面或来信表示应允和支持了，便能够出了。

出就得出好。当时强调了两条：（一）因为均系据旧本重印，所以一定要认真校订，尽力改正旧本误植失校的错误；（二）因为手稿不存，无法对勘，所以一定要详出校记，改动处一概保留原文，承担责任。

这两条，读者看来大都是认可的。直到如今，在旧书网上，八十年代"岳麓版"的周作人著作，始终都卖得不错。

现在，岳麓书社决定又来出版周作人著作，仍然要我负责编订，做法则一仍其旧。主要还是这些书，还是这两条，新的广告也就不必再做了。

鄢琨君三十年前和我同编了这些书，此次仍然合作，蒋浩君也参加了进来。校记原列表在书末，如今改作尾注。二君新增校改之处，分别标出"鄢校""蒋校"，特此说明，并志感谢。

二〇一八年五月十五日于长沙。

出版题记

《知堂乙酉文编》，一九六一年二月香港三育图书文具公司初版，有《题记》一则，收文十七篇，今据此校订重印。

《题记》称，此十七篇，本系《乙酉文编》(因为“均系乙酉年所写，故名，乙酉即一九四五年”）原稿的一部分，一九五七年曹聚仁带至香港，先印成了《过去的工作》一册，“馀下的……就使用这《乙酉文编》的名称”。

需要说明的是，曹氏带来曾充附录的《日本管窥之四》和《日本之再认识》两篇，均作于乙酉之前，后者且曾收入《药味集》；后来作者从北京寄来请予加入的几篇，也并不都为乙酉年所写。但二者本是一本书，文章的气味和分量难分伯仲。《古文与理学》与《〈读书疑〉》，《北京的风俗诗》与《关于竹枝词》(此文二书重收，应属失误)，《风的话》与《石板路》，《红楼内外》与陈独秀诸人的尺牍，学术性、思想性、可谈性均堪匹敌。而《孔融的故事》《无生老母的信息》等篇，恐怕还得推为本书擅场，竖一下大拇指。

原版书前插图一页，没有收入。

二〇二〇年五月三十日，锺叔河。

目录

题记 …… 1

孔融的故事 …… 2
小说的回忆 …… 11
报纸的盛衰 …… 27
无生老母的信息 …… 34
古文与理学 …… 51
关于竹枝词 …… 59
北京的风俗诗 …… 65
关于近代散文 …… 75
遗失的原稿 …… 81
风的话 …… 87
道义之事功化 …… 93
五十年前之杭州府狱 …… 107
红楼内外 …… 116

从卯字号说起 …………………………………… 116
林琴南的《蠡叟丛谈》 …………………………… 119
古今中外的蔡校长和辜鸿铭 ……………………… 120
关于端先生 ………………………………………… 121
《新青年》与《国故》 …………………………… 124
红楼中的名人 ……………………………………… 126
不客气的林公铎 …………………………………… 129
钱玄同与刘半农 …………………………………… 132
戏曲与印度哲学 …………………………………… 134
张竞生博士 ………………………………………… 136
五四与三一八 ……………………………………… 137
图书馆长李守常 …………………………………… 140
从四月六日说起 …………………………………… 141
高仁山其人 ………………………………………… 144
黄晦闻与孟心史之死 ……………………………… 145
谈文章 ……………………………………………… 149
关于“覆瓿” ……………………………………… 153
日本管窥之四 ……………………………………… 156
日本之再认识 ……………………………………… 170

题记

右散文十七篇，本系《乙酉文编》原稿的一部分，在一九五二年冬天编成后，久藏箧底。三年前曹聚仁先生北游见访，出以相示，承他带至香港，在杂志上发表若干篇，后来集印为一册，即《过去的工作》便是。馀下的这一部分，他又为整理出版，就使用这《乙酉文编》的名称。曹先生的种种厚意，实在很可感谢的。说起乙酉年来，这已经是十五年前的事，社会情形既今昔不同，那么有些感慨牢骚已经失时效，这是要请读者原谅，而在作者却又很引为大幸的。讲到名物和民俗的几篇，在这里或者分量并不多，但是有读者偏爱这些，在解放后我也还写许多简短的，给报刊补白，今年挑选较成片段的，辑了一本《草叶集》，大约在三四月里也可以和读者见面了。

一九六〇年二月十六日，知堂记于北京。

孔融的故事

前几时借得《三国演义》，重看了一遍。从前还是在小时候看过的，现在觉得印象全不相同，真有点儿奇怪它的好处是在哪里。这多少年中意见很有些变动，第一对于关羽，不但是伏魔大帝的妖异的话，就是汉寿亭侯的忠勇，也都怀疑了，觉得他不过是帮会里的一个英雄，其影响及于后代的只是桃园结义这一件事罢了。刘玄德我并不以为他一定应该做皇帝，无论中山靖王的谱系真伪如何，中国古来的皇帝本来谁都可以做得，并非必须姓刘的才行，以人物论也还不及孙曹，只是比曹瞒少杀人，这是他唯一的长处。诸葛孔明我也看不出他好在什么地方，演义里的那一套诡计，才比得《水浒》的吴学究，若说读书人所称述的鞠躬尽瘁死而后已的精神，又可惜那《后出师表》是后人伪造的；我们要成人之美，或者承认他治蜀之遗爱可能多有，杜少陵的诗中所说丞相祠堂大概可为证明。掩卷以后，仔细回想，这书里的人物有谁值得佩服，很不容易说出来。小时候十分佩服左慈，不过那种心情同了义和团的洪钧老祖早已同时过去了，虽然《剑侠图传》和《七剑十三侠》后来也还是看，看了觉得也好玩。末了终于只想起了一个孔融，他的故事在书里是没有什么，但这确是一个杰出的人，从前所见木版《三国演义》的绣像中，孔北海头上好像戴了一顶披肩帽，侧面画着，飘飘的长须吹在一边，这个样子很不错。彼是被曹瞒所杀的一人，我对于曹的这一点正是极不以为然的。

我们记得以至佩服孔融，并不由于《三国演义》，这本来也不须说，其来源也是出于《世说新语》与《后汉书》，二者都是六朝人物的著作，我于此或者稍有偏心也未可知。孔融字文举，是孔子的二十四世孙，可是他不大像他的老祖宗，他有新思想，他懂得幽默，不相信三纲主义，表示反对，结果以大逆不道的罪名被弃市，妻子亦均被杀。他可以说是一个唯理主义的人，因为一切以情理为准，对于古今权威便不免多有冲突，很容易被社会目为非圣无法或大逆不道，构成思想狱，明季的李卓吾也正是同样的一例。现在我们这里只讲孔文举。他的故事，最早也最知名的是这一件，《后汉书》卷一百本传注引家传云：

兄弟七人，融第六，幼有自然之性。年四岁时，每与诸兄共食梨，融辄引小者。大人问其故，答曰，我小儿，法当取小者。由是宗族奇之。

这事后来成为美谈，《三字经》中所谓融四岁，能让梨，读过的人很是不少。《世说新语》卷上言语篇云：

孔文举年十岁，随父到洛。时李元礼有盛名，为司隶校尉，诣门者皆俊才清门，及中表亲戚乃通。文举至门，谓吏曰，我是李府君亲。既通前坐，元礼问曰，君与仆有何亲？对曰，昔先君仲尼与君先人伯阳有师资之尊，是仆与君奕[1]世为通好也。元礼及宾客莫不奇之。大中大夫陈韪后至，人以其语语之，韪曰，小时了了，大未必佳。文举曰，想君小时必当了了。韪大踧踖。

《世说》注引融别传，又《后汉书》传中亦有纪述，而文词不及此节为佳。这种说话的本领，到后来更加进步，而且加上偶像破坏的气味，更显得有危险了。《后汉书》传云：

初曹操攻屠邺城，袁氏妇子多见侵略，而操子丕私纳袁熙妻甄氏，融乃与操书，称武王伐

【蒋校】

①“奕”原作“弈”。

纣，以妲己赐周公。操不悟，后问出何经典，对曰，以今度之，想当然耳。

后操讨乌桓，又嘲之曰，大将军远征，萧条海外，昔肃慎氏不贡楛矢，丁零盗苏武牛羊，可并案也。

这是很不客气的侮弄，有点近于拔虎须了，曹孟德对于杨修尚且不能宽容，自然更是生气。

大约这样的事情不止二三，传又云：“时年饥兵兴，操表制酒禁，融频书争之，多侮慢之词。”注引融集与操书原文云：

酒之为德久矣，古先哲王，类帝禋宗，和神定人，以济万事，非酒莫以也。故天垂酒星之耀，地列酒泉之郡，人著旨酒之德。尧不千钟，无以建太平。孔非百觚，无以堪上圣。樊哙解厄鸿门，非豕肩钟酒无以奋其怒。赵之厮养，东迎其主，非引卮酒无以激其气。高祖非醉斩白蛇，无以畅其灵。景帝非醉幸唐姬，无以开中兴。袁盎非醇醪之力，无以脱其命。定国不酣饮一斛，无以决其法。故郦生以高阳酒徒，著功于汉，屈原不哺糟啜醨，取困于楚。由是观之，酒何负于政哉。

又书云：

昨承训答，陈二代之祸，及众人之败以酒云者，实如来诲。虽然，徐偃王行仁义而亡，今令不绝仁义。燕哙以让失社稷，今令不禁谦退。鲁因儒而损，今令不弃文学。夏商亦以妇人失天下，今令不断婚姻。而将酒独急者，疑但惜谷耳，非以亡王为戒也。

《世说新语》引《世语》云："魏太祖以岁俭禁酒，融谓酒以成礼，不宜禁，由是惑众，太祖收置法焉。"这当是实在的缘因，但是表面还有一番做作，凭借了纲常名教的名义兴起大狱来。传载曹操既积嫌忌，而郄虑复构其罪，遂令丞相军谋祭酒路粹枉状奏融，文云：

少府孔融，昔在北海，见王室不靖，而招合徒众，欲规不轨，云我大圣之后，而灭于宋，有天下者何必卯金刀。及与孙权使语，谤讪朝廷。又融为九列，不遵朝议，秃巾微步，唐突宫掖。又前与白衣祢衡跌荡放言，云父之于子，当有何亲，论其本意，实为情欲发耳；子之于母，亦复奚为，譬如寄物瓶中，出则离矣。既而与衡更相赞扬，衡谓融曰，仲尼不死，融答曰，颜回复生。大逆不道，宜极重诛。

下文叙其事云：

> 书奏，下狱弃市，时年五十六，妻子皆被诛。初女年七岁，男年九岁，以其幼弱得全，寄他舍。二子方弈[①]棋，融被收而不动。左右曰，父执而不起，何也。答曰，安有巢毁而卵不破乎。主人有遗肉汁[②]，男渴而饮之。女曰，今日之祸，岂得久活，何赖知肉味乎。兄号泣而止。或有言于曹操，遂尽杀之。及收至，谓兄曰，若死者有知，得见父母，岂非至愿[③]。乃延颈就刑，颜色不变，莫不伤之。

关于两兄妹的事，《世说新语》卷上有两则云：

> 孔文举有二子，大者六岁，小者五岁。昼日父眠，小者床头盗酒饮之。
>
> 大儿谓曰，何以不拜，答曰，偷那得行礼。
>
> 孔融被收，中外惶怖，时融儿大者九岁，小者八岁，二儿故琢钉戏，了无遽容。融谓使者曰，冀罪止于身，二儿可得全不？儿徐进曰，大人岂见覆巢之下复有完卵乎。寻亦收至。

前一则与钟会兄弟偷酒事相同，只是说小儿顽皮伶

【锺校】

①“弈”原作“奕”。

②“汁”原作“汗”。

③“愿”原作“类”。

俐，后者则更有意义，二儿不但聪慧，亦复镇定，不愧为孔氏家儿，从乱世中经历过来的，而孔文举之性情本色亦可于此见之。他说本意实为情欲，寄物瓶中，出则离矣。又或报有子杀其母者，融曰，杀父犹可，而杀母乎（出处忘记）。此等言皆骇俗，但皆以事理言之耳，若言感情，则故无有殊异，上文言文举之顾念其二子，固可以见。又融有所作杂诗，其一见于《古诗源》，盖从冯惟讷《古诗纪》转录者：

远送新行客，岁暮乃来归。
入门望爱子，妻妾向人悲。
闻子不可见，日已潜光晖。
孤坟在西北，常念君来迟。
褰裳上墟丘，但见蒿与薇。
白骨归黄泉，肌体乘尘飞。
生时不识父，死后知我谁。
孤魂游穷暮，飘摇安所依。
人生图嗣息，尔死我念追。
俯仰内伤心，不觉泪沾衣。
人生自有命，但恨生日希。

这里所说的大概是他的幼殇的小儿子，虽然是“生时不识父”，是他外出后生下来不久死去的，可是还是“尔死我念追”，很可以看出深厚的天性来，这与路粹所述悖逆的话正是一个好的对照。两者都是真的，可以相得益彰，足以看出理知与感情兼具的哲人，只是俗人不能了解罢了。我们觉得孔文举这人与李卓吾很有点相像，上边已经说及。李卓吾做着官，夏日觉得发中热闷，“蒸蒸有死人气”，便剃光了头，仍然衣冠坐四人轿。重佛轻儒，主张男女平等，为女人们讲道，论史一反前说，称赞武则天卓文君冯道，后来为御史张问达所检举，以诬世惑众问罪，下狱死。其言行似甚奇矫，却又是蔼然富于人情之人，如《秋灯小话》中所记怀丘坦之的事可见。有人论之云：“卓吾老子有何奇，也只是一点常识，又加以洁癖，乃至于以此杀身矣。”又云：“天下第一大危险事乃是不肯说诳话，许多思想文字之狱皆从此出。本来附和俗论一声亦非大难事，而狷介者每不屑为，致蹈虎尾之危，可深慨也。”孔文举的那些列为罪状的言论实在也不能算错，但违①忤世俗当然不免，他不能忍而不说，卒以贾祸，与李卓吾正是一样。但卓吾外观很是严正，固然予人以难堪，而文举有些出之滑稽，更有侮②慢之感，尤非奸雄辈之所能忍受，如妲己一件，

【锺校】

①“违”原作“远”。

②“侮”原作“悔”。

岂非以此便触犯了文王父子二人乎。《后汉书》传中有一节云：

> （融）性宽容，少忌，好士，喜诱益后进。及退闲职，宾客日盈其门，常叹曰，座上客常满，尊中酒不空，吾无忧矣。与蔡邕素善，邕卒后，有虎贲士貌类于邕，融每酒酣，引与同坐，曰，虽无老成人，且有典型。

此正与丘坦之事相比，而别有风趣，则不但性格之异，亦是汉魏人行径，与两宋以后截不相同者也。卓吾死后将及百年，大儒顾亭林尚恶骂不已，范蔚宗作《后汉书》，于孔融传后论之曰："夫严气正性，覆折而已，岂有圆刓委屈，可以全其生哉。懔懔焉，皓皓焉，其与琨玉秋霜比质可也。"比较起来，文举尚是很有幸的。顾生于明末清初，而范则是六朝人，于此亦可以看出不同来，这是一件虽细微而亦是颇有意义的事。

小说的回忆

小说我在小时候实在看了不少，虽则经书读得不多。本来看小说或者也不能算多，不过与经书比较起来，便显得要多出几倍，而且我的国文读通差不多全靠了看小说，经书实在并没有给了什么帮助，所以我对于耽读小说的事正是非感谢不可的。十三经之中，自从叠起书包，作揖出了书房门之后，只有《诗经》《论语》《孟子》《礼记》《尔雅》（这还是因了郝懿行的义疏的关系），曾经翻阅过一两遍，别的便都久已束之高阁，至于内容也已全部还给了先生了。小说原是中外古今好坏都有，种类杂乱得很，现在想起来，无论是什么，总带有多少好感，因为这是当初自己要看而看的，有如小孩手头有了几文钱，跑去买了些粽糖炒豆，花生米之属，东西虽粗，却吃得滋滋有味，与大人们揪住耳朵硬灌下去的汤药不同，即使那些药不无一点效用（这里姑且这么说），后来也总不会再想去吃的。关于这些小说，头绪太纷繁了，现在只就民国以前的记忆来说，一则事情较为简单，二则可以不包括新文学在内，省得说及时要得罪作者，——他们的著作，我读到的就难免要乱说，不曾读到又似乎有点渺视，都不是办法，现在有这时间的限制，这种困[①]难当然可以免除了。

我学国文，能够看书及略写文字，都是从看小说得来，这种经验大约也颇普通，前清嘉庆的人郑守庭的《燕窗闲话》中有着相似的纪录，其一节云：

> 予少时读书易于解悟，乃自旁门入。忆十岁随祖母祝寿于西乡顾宅，阴雨兼旬，几上有《列国志》一部，翻阅之，仅解数语，阅三四本解者渐多，复从头翻阅，解者大半。归家后即借说部之易解者阅之，解有八九。除夕侍祖母守岁，竟夕阅《封神传》半部，《三国志》半部，所有细评无暇详览也。后读《左传》，其事迹已知，但于字句有不明者，讲解时尽心谛听，由是阅他书益易解矣。

我十岁时候正在本家的一个文童那里读《大学》，开始看小说还一直在后，大抵在两三年之后吧，但记得

【锺校】

①“困”原作“固”。

清楚的是十五岁时在看《阅微草堂笔记》。我的经验大概可以这样综结的说，由《镜花缘》《儒林外史》《西游记》《水浒传》等渐至《三国演义》，转到《聊斋志异》，这是从白话转入文言的径路，教我懂文言，并略知文言的趣味者，实在是这《聊斋》，并非什么经书或是古文读本。《聊斋志异》之后，自然是那些《夜谈随录》《淞隐漫录》等的假聊斋，一变而转入《阅微草堂笔记》，这样，旧派文言小说的两派都已入门，便自然而然的跑到《唐代丛书》里边去了。这里说的很简单轻便，事实上自然也要自有主宰，能够"得鱼忘筌"，乃能通过小说的阵地，获[①]得些语文以及人事上的知识，而不至长久迷困在里面。现在说是回忆，也并不是追述故事，单只就比较记得的几种小说略为谈谈，也只是一点儿意见和印象，读者若是要看客观的批评的话，那只可请去求之于文学史中了。

首先要说的自然是《三国演义》。这并不是我最先看的，也不是最好的小说，它之所以重要是由于影响之大，而这影响又多是不良的。关于这书，我近时说过一节话，可以就抄在这里：

前几时借《三国演义》，重看一遍。从前还

【锺校】

①"获"原作"献"。

是在小时候看过的，现在觉得印象很不相同，真有点奇怪它的好处是在哪里。这些年中意见有些变动，第一对于关羽，不但是伏魔大帝妖异的话，就是汉寿亭侯的忠义，也都怀疑了，觉得他不过是帮会里的一个英雄，其影响及于后代的只是桃园结义这一件事罢了。刘玄德我并不以为他一定应该做皇帝，无论中山靖王谱系的真伪如何，中国古来的皇帝本来谁都可以做的，并非必须姓刘的才行，以人物论实在也还不及孙曹，只是比曹瞒少杀人，这是他唯一的长处。诸葛孔明我也看不出他好在什么地方，演义里的那一套诡计，才比得《水浒》的吴学究，若说读书人所称道的鞠躬尽瘁死而后已的精神，又可惜那《后出师表》是后人假造，我们要成人之美，或者承认他治蜀之遗爱可能多有，不过这些在演义里没有说及。掩卷以后仔细回想，这书里的人物有谁值得佩服，很不容易说出来，末了终于只记起了一个孔融，他的故事在书里是没有什么，但这确是[①]一个杰出的人，从前所见木版《三国演义》的绣像中，孔北海头上好像戴了一顶披肩帽，侧

【锺校】

①“是”原作“实”。

面画着，飘飘的长须吹在一边，这个样子也还不错。他是被曹瞒所杀的一人，我对于曹的这一点正是极不以为然的。

其次讲到《水浒》，这部书比《三国演义》要有意思得多了。民国以后，我还看过几遍，其一是日本铜版小本，其二是有胡适之考证的新标点本，其三是刘半农影印的贯华堂评本，看时仍觉有趣味。《水浒》的人物中间，我始终最喜欢鲁智深，他是一个纯乎赤子之心的人，一生好打不平，都是事不干己的，对于女人毫无兴趣，却为了她们一再闹出事来，到处闯祸，而很少杀人，算来只有郑屠一人，也是因为他自己禁不起而打死的。这在《水浒》作者意中，不管他是否施耐庵，大概也是理想的人物之一吧。李逵我却不喜欢，虽然与宋江对比的时候也觉得痛快，他就只是好胡乱杀人，如江州救宋江时，不寻官兵厮杀，却只向人多处砍过去，可以说正是一只野猫，只有以兽道论是对的吧。——设计赚朱仝[①]上山的那时，李逵在林子里杀了小衙内，把他梳着双丫角的头劈作两半，这件事我是始终觉得不能饶恕的。武松与石秀都是可怕的人，两人自然也分个上下，武松的可怕是煞

【锺校】

①“仝”原作“同”。

辣，而石秀则是凶险，可怕已至可憎了。武松杀嫂以及飞云楼的一场，都是为报仇，石秀的逼杨雄杀潘巧云，为的要自己表白，完全是假公济私，这些情形向来都瞒不过看官们的眼，本来可以不必赘说。但是可以注意的是，前头武松杀了亲嫂，后面石秀又杀盟嫂，据金圣叹说来，固然可以说是由于作者故意要显他的手段，写出同而不同的两个场面来，可是事实上根本相同的则是两处都惨杀女人，在这上面作者似乎无意中露出了一点羊脚，即是他的女人憎恶的程度。《水浒》中杀人的事情也不少，而写杀潘金莲杀潘巧云迎儿处却是特别细致残忍，或有点欣赏的意思，在这里又显出淫虐狂的痕迹来了。十多年前，莫须有先生在报上写过小文章，对于《水浒》的憎女家态度很加非难，所以上边的意见也可以说是起源于他的。语云，饱暖思淫欲，似应读之曰，淫欲思暴虐。一夫多妻的东方古国，最容易有此变态，在文艺上都会得显示出来，上边所说只是最明显的一例罢了。

《封神传》《西游记》《镜花缘》，我把这三部书归在一起，或者有人以为不伦[1]不类，不过我的这样排列法是有理由的。本来《封神传》是《东周列国》

【锺校】

① “伦”原作“偏”。

之流，大概从《武王伐纣书》转变出来的，原是历史演义，却着重在使役鬼神这一点上敷衍成那么一部怪书，见神见鬼的那么说怪话的书大约是无出其右的了。《西游记》因为是记唐僧取经的事，有人以为隐藏着什么教理（却又说是道教的，"先生每"又何苦来要借和尚的光呢！)，这里我不想讨论，虽然我自己原是不相信的，我只觉得他写孙行者和妖精的变化百出，很是好玩，与《封神》也是一类。《镜花缘》前后实在是两部分，那些考女状元等等的女权说或者也有意义，我所喜欢的乃是那前半，即唐敖多九公漂洋的故事。这三种小说的性质如何不同且不管他，我只合在一处，在古来缺少童话的中国当作这一类的作品看，亦是慰情胜无的事情。《封神传》乡下人称为"纣鹿台"，虽然差不多已成为荒唐无稽的代名词，但是"姜太公神位在此"的红纸到处点着，他手执杏黄旗骑着四不相的模样也是永久活在人的空想里，因为一切幻术都是童话世界的应有的陈设，缺少了便要感觉贫乏的。它的缺点只是没有个性，近似，单调，不过这也是童话或[①]民话的特征，它每一则大抵都只是用了若干形式凑拼而成的，有如七巧图一般，摆得好

【锺校】

①"或"原作"成"。

的虽然也可以很好。孙猴子的描写要好得多了，虽则猪八戒或者也不在他之下，其他的精怪则和阐截两教之神道差不多，也正是童话剧中的木头人而已，不过作者有许多地方都很用些幽默，所以更显示得有意思。儿童与老百姓是颇有幽默感的，所以好的童话和民话都含有滑稽趣味。我的祖父常喜欢讲，孙行者有一回战败逃走无处躲藏，只得摇身一变，变成一座古庙，剩下一根尾巴，苦于无处安顿，只好权作旗杆，放在后面。妖怪赶来一看，庙倒是不错，但是一根旗竿竖在庙背后，这种庙宇世上少有，一定是孙猴变的，于是终被看破了。这件故事看似寻常，却实在是儿童的想头，小孩听了一定要高兴发笑的，这便是价值的所在。几年前写过一篇五言十二韵，上去声通押的“诗”，是说《西游记》的，现在附录于下，作为补充的资料。

儿时读西游，最喜孙行者。
此猴有本领，言动近儒雅。
变化无穷尽，童心最歆讶。
亦有猪八戒，妙处在粗野。
偷懒说谎话，时被师兄骂。
却复近自然，读过亦难舍。
虽是上西天，一路尽作耍。
只苦老和尚，落难无假借。

却令小读者，展卷忘昼夜。

著书赠后人，于兹见真价。

即使谈玄理，亦应如此写。

买椟而还珠，一样致感谢。

《镜花缘》的海外冒险部分，利用《山海经》《神异》《十洲》等的材料，在中国小说家可以说是唯一的尝试，虽然奇怪比不上水手辛八的《航海述奇》(《天方夜谈》中的一篇有名故事，民国前有单行译本，即用这个名字)，但也是在无鸟树林里的蝙蝠，值得称赏，君子国白民国女人国的记事，富于诙谐与讽刺，即使比较英国的《格里佛游记》，不免如见大巫，却也总是个小巫，可以说是具体而微的一种杰作了。这三部书我觉得它都好，虽则已有多年不看，不过我至今还是如此想，这里可以有一个证明。还是在当学生的时代，得到了一本无编译者姓名的英文选本《天方夜谈》，如今事隔多年，又买[①]得了英国理查白顿译文的选本，翻译的信实是天下有名的，从新翻阅一遍，渔人与瓶里的妖神，女人和她的两只黑母狗，阿拉丁的神灯，阿利巴巴与四十个强盗和胡麻开门的故事都记了起来，这八百多页的书就耽读完

【锺校】

①“买”原作“甚”。

了，把别的书物都暂时搁在一边。我相信假如现在再拿《西游》或《封神》来读，一定也会得将翻看着的唐诗搁下，专心去看那些妖怪神道的。——但是《天方夜谈》在中国，至今只有光绪年间金石的一种古文译本，好像是专供给我们老辈而不预备给小人们看似的，这真是一件很可惜的事。

《红楼梦》自然也不得不一谈，虽然关于这书谈的人太多了，多谈不但没用，而且也近于无聊，我只一说对于大观园里的女人意见如何。正册的二十四钗中，当然秋菊春兰各有其美，但我细细想过，觉得曹雪芹描写[①]得最成功也最用力的乃是王熙凤，她的缺点和长处是不可分的，《红楼梦》里的人物好些固然像是实在有过的人一样，而凤姐则是最活现的一个，也自然最可喜。副册中我觉得晴雯很好，而袭人也不错，别人恐怕要说这是老子韩非同传，其实她有可取，不管好坏怎么地不一样。《红楼梦》的描写和[②]语言是顶漂亮的，《儿女英雄传》在用语这一点上可以相比，我想拿来放在一起，二者运用北京话都很纯熟，因为原来作者都是旗人，《红楼梦》虽是清朝的

【锺校】

① 原无“写”字，今增。

②“和”原作“而”。

书，但大观园中犹如桃源似的，时代的空气很是稀薄，起居服色写得极为朦胧，始终似在锦绣的戏台布景中，《儿女英雄传》则相反地表现得很是明确。前清科举考试的情形，世家家庭间的礼节辞令，都有详细的描写，这是一种难得的特色。

从前我说过几句批评，现在意见还是如此，可以再应用在这里：

> 《儿女英雄传》还是三十多年前看过的，近来重读一过，觉得实在写得不错。平常批评的人总说笔墨漂亮，思想陈腐。这第一句大抵是众口一词，没有什么问题，第二句也并未说错，但是我却有点意见。如要说书的来反对科举，自然除《儒林外史》再也无人能及，但志在出将入相，而且还想入圣庙，则亦只好推《野叟曝言》去当选了。《儿女英雄传》作者的昼梦只是想点翰林，那时候恐怕正是常情，在小说里不见得是顶腐败，又喜讲道学，而安老爷这个脚色在全书中差不多写得最好，我曾说过玩笑话，像安学海那样的道学家，我也不怕见见面，虽然我平常所顶不喜欢的东西道学家就是其一。此书作者自称恕道，觉得有几分对，大抵他通达人情物理，所以处处显得大方，就是其陈旧迂谬处也总不教人怎

么生厌，这是许多作者都不易及的地方。写十三妹除了龙仁寺前后一段稍为奇怪外，大体写得很好，天下自有这一种矜才使气的女孩儿，大约列公也曾遇见一位过来，略具一鳞半爪，应知鄙言非妄，不过这里集合起来，畅快的写一番罢了。书中对于女人的态度我觉得颇好，恐怕这或者是旗下的关系，其中只是承认阳奇阴偶的谬论，我们却也难深怪，此外总以[①]一个人相对待，绝无淫虐狂的变态形迹，够得上说是健全的态度。小时候读弹词《天雨花》，很佩服左维明，但是他在阶前剑斩犯淫的侍女，至今留下一极恶的印象，若《水浒》之特别憎恶女性，曾为废名所指摘，小说中如能无此渲染，不可谓非难得而可贵也。

我们顺便地就讲到《儒林外史》。他对于前清的读书社会整个的加以讽刺，不但是高翰林卫举人严贡生等人荒谬可笑，就是此外许多人，即使作者并无嘲弄的意思，而写了出来也是那个无聊社会的一分子，其无聊正是一样的。程鱼门在作者的传中[②]说此书

【锺校】

①“以”原作“是”。

②原无“中”字，今增。

“穷极文士情态”，正是说得极对，而这又差不多以南方为对象的，与作者同时代的高南阜曾评南方士人多文俗，也可以给《儒林外史》中人物作一个总评。这书的缺限[①]是专讲儒林，如今事隔百馀年，教育制度有些变化了，读者恐要觉得疏远，比较的减少兴味，亦未可知，但是科举虽废，士大夫的传统还是俨存，诚如识者所说，青年人原是老头儿的儿子，读书人现在改称知识阶级，仍旧一代如一代，所以《儒林外史》的讽刺在这个时期还是长久有生命的。

中国向来缺少讽刺滑稽的作品，这部书是唯一的好成绩，不过如喝[②]一口酸辣的酒，里边多含一点苦味，这也实在是难怪的，水土本来有点儿苦，米与水自然也如此，虽有好酿手者奈之何。后来写这类谴责小说的也有人，但没有赶得上的，《二十年目睹之怪现状》是一部笔记，虽有人恭维，我却未能佩服，吴趼人的老新党的思想往往不及前朝的人（例如吴敬梓），他始终是个成功的上海的报人罢了。

《品花宝鉴》与《儒林外史》《儿女英雄传》同是前清嘉道时代的作品，虽然是以北京的相公生活为

【锺校】

①“限”原作“恨”。

②“喝”原作“渴”。

主题，实在也是一部好的社会小说。书中除所写主要的几个人物过于修饰之外，其馀次要的也就近于下流的各色人等，却都写得不错。有人曾说他写的脏，不知那里正是他的特色，那些人与事本来就是那么脏的，要写也就只有那么的不怕脏。这诚如理查白顿关于《香园》一书所说，这不是小孩子的书。中国有些书的确不是小孩子可以看的，但是有教育的成年人却应当一看，正如关于人生的黑暗面与比较的光明面他都该知道一样。有许多坏小说，在这里也不能说没有用处，不过第一要看的人有成人的心眼，也就是有主宰，知道怎么看。但是我老实说不一定有这里所需要的忍耐力，往往成见的好恶先出来了，明知《野叟曝言》里文素臣是内圣外王思想的代表，书中的思想极正统，极谬妄，极荒淫，很值得一读，可是我从前借得学堂同班的半部石印小字本，终于未曾看完而还了他了。这部江阴夏老先生的大作，我竭诚推荐给研究中国文士思想和心理分析的朋友，是上好的资料，虽则我自己还未通读一过。

以上所说以民国以前为标准，所以《醒世因缘传》与《歧路灯》都没有说及。前者据胡博士考证，定为《聊斋》作者蒲留仙之作，我于五四以后才在北京得到一部，后者为河南人的大部著作，民国十四五年顷始有铅字本，第一册只有原本的四分之一，其馀可惜未曾续出。《聊斋志异》与《阅微草堂笔记》系是短篇，与上边所谈的说部不同，虽然也还有什么可谈之处，却只可从略。《茶花女遗事》以下的翻译小说以及杂览的外国小说等，或因零星散佚，或在时期限制以外，也都不赘及。但是末了却还有一部书要提一下，虽然不是小说而是一种弹词。这即是《白蛇传》，通称《义妖传》，还有别的名称，我是看过那部弹词的，但是琐碎的描写都忘记了，所还记得的也只是那老太婆们所知道的水漫金山等等罢了。后来在北平友人家里，看见滦州影戏演这一出戏，又记忆了起来，曾写了一首诗，题曰《白蛇传》，现在转录于此，看[1]似游戏，意思则照例原是很正经的。其诗云：

顷与友人语，谈及白蛇传。
缅怀白娘娘，同声发嗟叹。
许仙凡庸姿，艳福却非浅。
蛇女虽异类，素衣何轻倩。
相夫教儿子，妇德亦无间。
称之曰义妖，存诚亦善善。
何处来妖僧，打散双飞燕。

【锺校】

①“看”原作“学”。

禁闭雷峰塔，千年不复旦。
滦州有影戏，此卷特哀艳。
美眷终悲剧，儿女所怀念。
想见合钵时，泪眼不忍看。
女为释所憎，复为儒所贱。
礼教与宗教，交织成偏见。
弱者不敢言，中心怀怨恨。
幼时翻弹词，文句未能念。
绝恶法海像，指爪掐[①]其面。
前后掐者多，面目不可辨。
迩来廿年前，塔倒经自现。
白氏已得出，法海应照办。
请师入钵中，永埋西湖畔。

【锺校】

①“掐”原作“捏”。

报纸的盛衰

我的大舅父是前清的秀才，如果在世，年纪总在一百以上了。他是抽鸦片烟的，每天要中午才起身，说是起身也不过是醒了而已，除了盛夏以外，他起身并不下床，平常吃茶吃饭也还是在帐子里边，那里有一张矮桌子，又点着烟灯，所以没有什么不便，就是写信，这固然是极少有的，也可以在那里写。我在他家里曾经住过些时，不记得看见他穿了鞋子在地上走，普通总只在下午见床上有灯光，知道他已起来了，隔着帐子叫一声大舅舅就算了。只有一回，我见他衣冠整齐的走出房门来，那时是戊戌年秋天，我的小兄弟生了格鲁布肺炎，——这病名自然是十年之后才知道的，母亲叫我去请了他来，因为他是懂得医道的。他赶紧穿了衣袜，同我一起坐了脚踏船走来，可是到来一看之后，他觉得病已危殆，无可用药，坐了一刻，随即悄然下船回到乡下去了。

他的生活看去很是颓废似的，可是不知怎的他却长年订阅《申报》。不晓得是从什么时候看起的，我住在那里时是甲午的前一年，他已经看着了。其时还没有邮政，他又住在乡下，订阅上海报是极其麻烦的，大概先由报馆发给杭州的申昌派报处，分交民信局寄至城内，再托航船带下，很费手脚，自然所费时光也很不少。假如每五七日一寄，乡下所能看到的总是半个多月以前的报纸了。他平常那么的疏懒，为什么又是这样不怕麻烦的要看《申报》呢？这个道理至今不懂，因为那时我太小了，不懂得问他，后来也猜想不出他的用意来，不能代他来回答。我只记得那时托了表兄姊问他去要了看过的报纸来，翻看出书的广告，由先兄用了小剪刀一一铰下来，因为反复地看得多了，有些别的广告至今还记[①]得清楚，有如乳白鳘鱼肝油，山得尔弥地之类，报纸内容不大记得了，只是有光纸单面印，长行小字的社会新闻，都用四字标题，如打散鸳鸯等，还约略记得。后来重看《点石斋画报》全集，标题与文体均甚为特别，如逢多年不见的故人，此盖是老牌的“申报体”，幸而得保存至今者也。

【锺校】

① 原无“记”字，今增。

大舅父个人的意思我虽不知道，但那时候一般对于报纸的意见却可以懂得，不妨[①]略为说明。中国革新运动的第一期是甲午至戊戌，知识阶级鉴于甲午之败，发起变法维新运动，士大夫觉悟读死书之无用，竞起而谈时务，讲西学，译书办报，盛极一时，用现今的眼光看去诚然不免浅薄，不过大旨总是不错的。从前以为是中外流氓所办的报纸，到了那时成为时务的入门书，凡是有志前进的都不可不看。我在故乡曾见有人转展借去一两个月前的《申报》，志诚的阅读，虽然看不出什么道理，却总不敢菲薄，只怪自己[②]不了解，有如我们看禅宗语录一般。不喜欢时务的[③]人自然不是这样，他不但不肯硬着头皮去看这些满纸洋油气的新闻了，而且还要非议变法运动之无谓，可是他对于新闻的态度是远鬼神而敬之。他不要看新闻，却仍是信托它，凡是有什么事情，只要是已见于《申报》，那么这也就一定是不会假的了，其确实的程度盖不下于“何桥的三大人”所说的话，这似乎是一件小事，其实关系是很大的。从前以为是中外流氓所办

【锺校】

① “妨”原作“防”。
② 此处原衍“已”字，已删。
③ 此处原衍“的”字，已删。

的报上的话，一转眼间在半封建的社会里得到了很大的信用，其势力不下于地主乡绅的说话，这个转变的确不能算是小呀。

我在上边噜嗦的说了一大篇，目的无非是想说明过去时代中新闻在民间有过多么大的势力，谈时务的人以它为指南，寻常百姓也相信它的报道极可信托，所记的事都是实在，为它所骂的全是活该，凡是被登过报的人便是遭了“贝壳流放”，比政府的徒流还要坏，因为中国司法之腐败，是为老百姓所熟知的。无冕帝皇呀，那时的新闻记者真够得上这个荣誉的名号了。可是好景不常，恰似目前的金圆券，初出来时以二对一兑换银元，过了半年之后变了二万对一，整整的落下了一万倍。所不同的是新闻盛衰中间更隔着长的岁月，大概总有二三十年，比起金圆券来自然更有面子了，虽其惨败的情形原是相差无几。新闻信用的极盛时期大约是在清末，至民初已经有点盛极而衰，其下坡的期日自难确定，姑且算是二十年前后吧，于今已将有二十载的光阴了。说是衰也衰不到那里去，纸与印刷，行款与格式，都改好得多了；人才众多，经济充裕，一切比以前为强了，继续办下去发达下去是不成问题的，这岂不正是盛的现象么？我想是的，这在物质上正是兴盛，可是在别方面上，假如可以说精神上，那至少不如此了，即使我们且不说是衰也罢。总之大家不再信托新闻，不再以为凡是有什么事情，只要是已见于“申报”，那么这也就一定是不会假的了。（案乡下人称一切报纸皆曰“申报”，申读若升，大概由于他们最初只知道有《申报》，有如西人用秦人的名称来叫我们中国人吧。）在二十年前，我的一个小侄儿翻阅报纸①后发表他的感想道，我想这里边所记的，大约只有洋车夫打架的事是真的吧。那时他只有十三四岁，现时尚在正是少壮的青年，他的意见如此，可以推见一般的情形。我虽然曾见新闻的黄金时代，但是现在不得不说这是铁时代了。我的小侄儿曾说只有洋车夫打架是真的，这已经是厚道，现今的人或者要说，洋车夫打架虽有其事，所记却是靠不住，又或相信报上所说不但是假话而且还是反话，什么都要反过来看才对，这不仅是看夹缝，乃是去看报纸背了。叫青年养成多疑邪推的性质，实在是很不好的事，但是我们又那能够怪得他们呢。

我个人的态度可以附带地记在下面。我自己不曾买报，因为这太贵，每日只是拿同住的朋友所买的报来看一下。我不大注意政治要闻，因为很少重要的消

【锺校】

①“纸”原作“约”。

息，一星期两星期的下去总还是那一套，没有什么值得注意的。有一回我把这个意思简单地写信告诉一位在报馆里的朋友，他回信说我就在这里编要闻，这使我觉得非常抱歉，不过在我也是实情，这里只得直说。我把报纸打开，第一留心要看的是否邮资[①]又已调整，大头涨到多少了，这些都决不会假，而且与自己有关系的，所以非看不可。时事与国际新闻的题目一览之后，翻过来看副刊，这里边往往有些可读的文章，要费去我读报的时间的三分之二。末了，假如拿到《新闻报》，则再加添时间去看分类广告，凡是寻人、赔罪、离婚等等的启事，都要看它一下，出顶房屋也挑选了看，所完全不读的大抵只是遗失身份证的声明而已。若是有好通信好记事，如从前《观察》《展望》上登过的那种文章，我也很是喜欢读，不过很难得碰见，亦是无可如何。我这个态度并不是只对于中国报如此，偶然看见外国报也是一样的看法，譬如美国有名的《时代》周刊，一本要卖好几千块金圆券，我借到手也是浪费的翻过去，挑几个题目来读过一遍之后，难得感觉不上当，每回看了满意的是一栏杂俎，集录有趣的小新闻，有些妙得可以收入《笑

【锺校】

① 此处原衍“是”字，已删。

林》里去。三月十四日的一期内有这一则，今译录于后：

在落杉矶，有偷儿潜入查理杜斐的饮食店，饱餐一顿，去后留下一张字条道，牛排太韧。

无生老母的信息

刘青园著《常谈》四卷，余喜其识见通达，曾在《苦竹杂记》中抄录介绍，近日重阅，见卷一中有一则云：

> 一士深夜闻斋外数人聚谈。一曰，某人久困科场，作报应书若干篇，遂登第。一曰，某素贫[①]，诵经若干篇，遂巨富。一曰，某乏嗣，刷善书若干部，遂获佳儿。一曰，某久病，斋僧若干即愈。相与咨嗟叹赏，纷纷不已。忽一曰，公等误矣，士君子正心诚意修己治人，分内之事，何必假之以祸福功效，如公等言，则神道为干求之薮矣。适所指之人，皆礼法不明，王法不惧，梗顽之民，语之以圣贤之道，格格不能入，故假为鬼神报应天堂地狱之说以惧之，

【锺校】

① “贫”原作“贪”。

冀其暂时回头，所谓以盗攻盗，不得已之下策也。因而流弊至于河伯娶妇，岳帝生男，奸徒借此惑[①]众敛财，叛逆生焉，尹老须王法中之徒其明证也。公等读书人宜崇圣贤之教，尊帝王之法，达则移风易俗，为士民之表率，穷则独善其身，为子孙之仪型，何至自处卑污，甘作真空家乡无生父母之护法也。（原注云，此二句邪教中相传受语，破案时曾供出，故人得闻。）言毕三叹而去。为人为鬼，固不得知，孰是孰非，可得而辩。

刘君不信有鬼，此处设为谈话，盖是仿效纪晓岚的手法，其反对讲报应刻善书大有见解，与鄙意甚相合。近日杂览，关于无生老母稍感兴趣，见文中提及，便抄了下来，拿来做个引子。鄙人原是小信的人，无论什么宗派，怎么行时或是合法，都无加入的意思，但是对于许多信仰崇拜的根本意义，特别是老母一类的恋慕归依，我也很是理解，至少总是同情，因而常加以注意。可惜这些资料绝不易得，自五斗米道，天师道，以至食菜事魔的事，我们只见到零碎的记载，不能得要领，明清以来的事情也还是一样。碰巧关于无

【锺校】

①“惑”原作“感”。

生老母却还可以找到一点材料，因为有一位做知县老爷的黄壬谷，于道光甲午至辛丑这七[①]年间，陆续编刊《破邪[②]详辩》三卷，续、又续、三续各一卷，搜集邪经六十八种，加以驳正，引用有许多原文，正如《大义觉迷录》里所引吕留良曾[③]静原语一样，使我们能够窥见邪说禁书的一斑，正是很运气的一件事。这些经卷现在既已无从搜集，我们只好像考古学家把拣来的古代陶器碎片凑合粘成，想像原来的模型一样，抄集断章零句来看看，不独凭吊殉教的祖师们之悲运，亦想稍稍了解信仰的民众之心情，至于恐怕或者终于失败，那当然是在预计中的，这也没有关系，反正就只是白写这几千字，耗废若干纸墨罢了。

这种民间信仰在官书里大抵只称之曰邪教，我们槛外人也不能知道他究竟是什么，总之似乎不就是白莲教。在《正信除疑无修证自在卷》内有云："白莲教，下地狱，生死受苦。白莲教，转四生，永不翻身。白莲教，哄人家，钱财好物。犯王法，拿住你，

【锺校】

① "七"原作"六"。
② "邪"原作"利"。
③ 原无"曾"字，今增。

苦害多人。”那么这到底是什么教呢？据道光十二年壬辰查办[1]教匪的上谕里说，王老头子即王法中所学习的是白阳教，尹老须是南阳教，萧老尤是大乘教，但其实他们似乎还是一家，不过随时定名，仿佛有许多分派。《古佛天真考证龙华宝经》内云：

> 红阳教，飘高祖。净空教，净空僧。无为教，四维祖。西大乘，吕菩萨。黄天教，普静祖。龙天教，米菩萨。南无教，孙祖师。南阳教，南阳母。悟明教，悟明祖。金山教，悲相祖。顿悟教，顿悟祖。金禅教，金禅祖。还源教，还源祖。大乘教，石佛祖。圆顿教，圆顿祖。收源教，收源祖。

共计十六种，可谓多矣，却一总记着，其中似以飘高即山西洪洞县人高杨所立的红阳教为最早。案《混元红阳显性结果经》内云：“混元一气所化，现在释迦掌教，为红阳教主。过去青阳，现在红阳，未来才是白阳。”又云：“大明万历年，佛立混元祖教，二十六岁上京城。”《混元红阳血湖宝忏》内云：“太上飘高老祖于万历甲午之岁，正月十五日，居于太虎山中，广开方便，济度群迷。”又《混元红阳明心宝忏》中

【蒋校】

① “办”原作“辨”。

卷内云："冲天老祖于开荒元年甲辰之岁，五月五日，居于无碍宫中，圣众飞空而来。"甲辰即万历三十二年，在甲午后十年矣。此皆系飘高自述，可以考见其立教传道的年代。《混元红阳临凡飘高经》有序文云：

> 万历年中初立混元祖教，二十六岁上京城，先投奶子府，有定国公护持。混元祖教兴隆，天下春雷响动，御马监程公，内经厂石公，盔甲厂张公三位护法。

这是很有价值的文献，据黄壬谷考证云：

> 此言万历年中初立混元祖教，至天启元年封魏忠贤为定国公，此言定国公护持，即知红阳始于万历而盛于天启也。至于御马监程公即太监陈矩，将陈字讹为程字，内经厂石公即太监石亨，又有石清石栋石彦明，兄弟叔侄同为太监，盔甲厂张公即太监张忠，此时太监皆信邪教，而独言此四人者，以此四人积财甚富，印经最多，固非他人所能及也。

黄君又言邪经系刻板大字印造成帙，经之首尾各绘图像，经皮卷套锦缎装饰，原系明末太监所刻印，愚民无知，遂以式样与佛经相同，而又极体面，所以误信。此亦是绝好掌故材料，如此奇书珍本，惜无眼福得以一见。《飘高经》本文中又称石亨为中八天天主，后又有南岳府君石彦明，东天石清仁圣帝，中央玉帝老石亨等语，对于护法者的恭维可谓至矣极矣。明季太监多喜造寺庙以求福，由此乃知刻经亦不少，内经厂自然更有关系，故其特别颂扬老石亨一家正不为无故也。

红阳教有八字真言曰，真空家乡，无生父母。这一看当然是出于佛教，可是他们的神学神话里混杂着大半的道教与民间的怪话，很是[①]可笑，如《飘高经无天无地混沌虚空品》内云："无天无地，先有混濛，后有滋濛。滋濛长大，结为元卵，叫作天地玄黄。玄黄迸破，现出混元老祖，坐在阿罗国。"又《老祖宗临凡品》内云："混元老祖，无生老母，真空石佛皆临凡，白日乞化，夜晚窑中打坐受苦，苦炼身心，但说临凡一遭，添一元像，终有万斤之佛性。"《龙华宝经古佛乾坤品》内则云：

> 无生母，产阴阳，婴儿姹女。起乳名，叫伏羲，女娲真身。李伏羲，张女娲，人根老祖。有金公，和黄婆，匹配婚姻。混元了，又生出，九十六亿。皇胎儿，皇胎女，无数福星。无生母，

【锺校】

①"很是"原作"是很"。

差皇胎，东土住世。顶圆光，身五彩，脚踏二轮[1]来东土，尽迷在，红尘景界。捎家书，吩咐你，龙华相逢。

《飘高经》虽然在前，所说不但佛道混杂，而且老祖宗有了三位，显系后来做作，弓长撰《龙华宝经》据说在崇祯年中，可是我觉得[2]他所说的更保有原来的传统。大概人类根本的信仰是母神崇拜，无论她是土神谷神，或是水神山神，以至转为人间的母子神，古今来一直为民众的信仰的对象。客观的说，母性的神秘是永远的，在主观的一面，人们对于母亲的爱总有一种追慕，虽然是非意识的也常以早离母怀为遗恨，隐约有回去的愿望随时表现，这种心理分析的说法我想很有道理。不但有些宗教的根源都从此发生，就是文学哲学上的秘密宗教思想，以神或一或美为根，人从这里分出来，却又靳求回去，也可以说即是归乡或云还元。《龙华经》作者集红阳之大成，而重复提高老母，为老祖宗之至上者，这不特深合立教本义，而且在传道上也极有效力，是很大的成功。《悟道心宗觉性宝卷》内有《盼望歌》云：

【锺校】

① "轮"原作"仑"。

② 此处原衍"把"字，已删。

无生老母盼儿孙，传言寄信从费心，

遍遍捎书拜上你，不肯回心找原根。

又《销释收圆行觉宝卷》内云：

无生母，在家乡，想起婴儿泪汪汪。传书寄信还家罢，休在苦海只顾贪。归净土，赴灵山，母子相逢坐金莲。无生老母当阳坐，驾定一只大法船。单渡失乡儿和女，赴命归根早还源。

《销释真空扫心宝卷》内云：

劝大众，早念佛，修行进步。无生母，龙华会，久等儿孙。叫声儿，叫声女，满眼垂泪。有双亲，叫破口，谁肯应承。

这里用的是单词口调，文句俚俗，意思是父母招儿女回家，虽标称无空无，实在却全是痴，这似是大毛病，不过他的力量我想也即在此处。经里说无生老母是人类的始祖，东土人民都是她的儿女，只因失乡迷路，流落在外，现在如能接收她的书信或答应她的呼唤，便可回转家乡，到老母身边去。绅士淑女们听了当然只觉得好笑，可是在一般劳苦的男妇，眼看着挣扎到头没有出路，正如亚跛公长老的妻发配到西伯利亚去，途中向长老说，我们的苦难要到什么时候才完呢，忽然听见这么一种福音，这是多么大的一个安慰。不但他们自己是皇胎儿女，而且老母还那么泪汪汪的想念，一声儿一声女的叫唤着，怎不令人感到兴奋感激，仿佛得到安心立命的地方。一茶在随笔集《俺的春天》的小引中记有一段故事云：

> 昔者在丹后国普甲寺，有深切希求净土的上人。新年之始世间竞行祝贺，亦思仿为之，乃于除夕作书交付所用的沙弥，嘱令次晨如此如此，遂独宿大殿中。沙弥于元旦乘屋内尚暗，乌鸦初叫时，蹶然而起，如所指示，丁丁叩门。内中询问从何处来，答言此乃从西方弥陀佛来贺年的使僧是也。上人闻言即跣足跃出，将寺门左右大开，奉沙弥上坐，接昨日所写手札，顶礼致敬，乃开读[①]曰，世间充满众苦，希速来吾国，当使圣众出迎，奉候来临。读毕感激，呜呜而泣。

一茶所记虽是数百年前事，当中国北宋时，但此种心情别无时间的间隔，至今可以了解，若老百姓闻归乡的消息时其欣喜亦当有如此僧也。

无生老母的话说到这里我觉得可以懂得，也别无什么可嫌之处，但既是宗教便有许多仪式和教义，这里我就很是隔膜，不能赞一词了。据《破邪详辩》卷三云：

【锺校】

①“读”原作“续”。

邪教上供即兼升表者，欲无生知有此人，将来即可上天也。挂号兼对合同者，唯欲无生对号查收，他人不得滥与也。开场考选，谓欲以此定上天之序也。以习教为行好，无知愚民亦以行好目之，若村中无习教者，即谓无行好者。

又《佛说皇极收元宝卷》等书内多说十步修行，殊不一致，或者义涉奥秘，须出口传，故不明言亦未可知。《销释圆通救苦宝卷》内有“夫子传流学而第一”之语，据黄壬谷在《又续破邪详辩》中说明之云：

近有清河教匪尹资源，号称尹老须者，因此捏出而字工夫，上天书丁之语。谬谓而字上一平画为天，次一撇画为上天之路，下四直画为习教之人，学而即学上天工夫，又以而字上两画形似丁字，故谓上天书丁。

此类怪话所在多有，最奇的或者要算《佛说通元收源宝卷》所说：

天皇治下大地乾坤，地皇时伏羲女娲治下大地人根，人皇时留下万物发生，五帝终有君臣，周朝终有神鬼，汉朝终有春夏秋冬，唐朝终有风雨雷电。

这真不知道说的是什么。《破邪详辩》卷三据刑部审办王法中案内供词云：

> 邪教谓红阳劫尽，白阳当兴，现在月光圆至十八日，若圆至二十三日，便是大劫。
>
> 又谓中央戊己土系王姓，东方甲乙木系张金斗，南方丙丁火系李彦文，北方壬癸水系刘姓，西方庚辛金系申老叙。案申老叙即王法中的师父。
>
> 于八卦增添二爻，改为十二卦，内加兴吉平安四卦，于六十四卦改为一百四十四卦，内加用则高至江河等八十卦。于九宫增添红皂青，并多一白字。于十二时增添纽宙唇末酬刻六时，为十八时。

这些做作可谓荒唐，比太平天国的改写地支似更离奇。大抵老母崇拜古已有之，后人演为教，又添造经卷，这些附加上去的东西全须杜撰，道教经典已是不堪，何况飘高弓长辈，虽尽力搜索，而枯肠所有止此，则亦是无可如何也。《破邪详辩》卷三有一则，说明造邪经者系何等人，说的很有意思。其文云：

> 造邪经者系何等人？凡读书人心有明机，断不肯出此言；凡不读书人胸无一物，亦不能出此言。然则造邪经者系何等人？尝观民间演戏，有昆腔演戏，多用清江引，驻云飞，黄莺儿，白莲

词等种种曲名，今邪经亦用此等曲名，按拍合板，便于歌唱，全与昆腔戏文相似。又观梆子腔戏，多用三字两句，四字一句，名为十字乱弹，今邪经亦三字两句，四字一句，重三复四，杂乱无章，全与梆子腔戏文相似。再查邪经白文鄙陋不堪，恰似戏上发白之语，又似鼓儿词中之语。邪经中哭五更曲卷卷皆有，粗俗更甚，又似民间打十不闲，打莲花落者所唱之语。至于邪经人物，凡古来实有其人而为戏中所常唱者，即为经中所常有，戏中所罕见者即为经中所不录；间有不见戏中而见于经中者，必古[1]来并无其人而出于捏造者也。阅邪经之腔调，观邪经之人物，即知捏造邪经者乃明末妖人，先会演戏而后习邪教之人也。

又有论经中地名的一节云：

邪经所言地名不一而足，俱系虚捏，其非虚捏而实有此地者，唯直隶境内而已；于直隶地名有历历言之者，惟赵州桥一处而已。盖以俗刊赵州桥画图，有张果老骑驴，身担四大名山，从桥上经过，鲁班在桥下一手掌定，桥得不坏故事，

【锺校】

①“古”原作“右”。

> 邪教遂视为仙境，而有过赵州桥到雷音寺之说。不知此等图画本属荒谬，邪教信以为真，而又与戏班常演之雷音寺捏在一起，识见浅陋亦已极矣。

这两节都说得很有道理，虽然断定他先会演戏似乎可以不必，总之从戏文说书中取得材料，而以弹词腔调编唱，说是经卷无宁与莲花落相近，这是事实，因此那些著者系何等人也就可以推知了。再举几个实例，如《龙华宝经》内《走马传道品》云："儒童祖，骑龙驹，川州通县。有子路，和颜渊，左右跟随。有曾子，合孟子[①]，前来引路。七十二，众门徒，护定圣人。"《护国佑民伏魔宝卷》内叙桃园结义云："拈着香，来哀告，青青天天。大慈悲，来加护，可可怜怜。俺三人，愿不求，富富贵贵。只求俺，弟兄们，平平安安。"写孔夫子和关公用的是这种笔法。又如关公后来自白，论吾神，职不小云云，亦是戏中口气也。《佛说离山老母宝卷》叙说无生老母在灵山失散，改了号名，叫离山老母往东京汴国凉城王家庄，度化王员外同子王三郎名文秀。老母令文英小姐画一轴

【锺校】

①"合孟子"三字句原漏，据《龙华经·末劫众生品第十八·走马传道品第十九》补。

画，赐王员外，王文秀将画挂在书房，朝夕礼拜，文英即从画内钻出，与文秀成亲，以后老母文英接引文秀，入斗牛宫。这里差不多是弹词本色，后花园私订终身，公子落难，骊山老母搭救，正是极普通的情节。此等宝卷或者写得不高明，令人听了气闷，正是当然，若算作邪经论，实在亦是冤苦也。

清代邪教之禁极严，其理由则因其敛钱，奸淫，聚众谋反。经卷中造反似未见明文，大抵只是妄自尊大，自以为是圣贤神佛而已，但既有群众，则操刀必割，发起做皇帝的兴趣也属可能。关于财色二者，经文中亦有说及，或不为无因，如《皇极收元宝卷》云："先天内，阴五神，阳五气。男取阴神者，即成菩萨之果；女采阳气者，即成佛家之身。"《龙华宝经》内亦云："吩咐合会男和女，不必你们分彼此。"本来暧昧事易成问题，此等文句更足为口实。又《姚秦三藏西天取经[①]解论》内有赞扬当人云："风不能刮，雨不能湿，火不能烧，水不能淹，刀不能砍，箭不能穿。"案天门开放，当人出窍之说，道家旁门亦有之，其详则不可知，若以常识论之，亦只是妖妄而已。教门中盖亦有此一派，殆即义和拳所从出，今年

【锺校】

①"经"原作"清"。

五月无锡有姜明波习金光法，云能刀枪不入，试验失败而死，则是最近之实例也。

我以前涉览西欧的妖术史，对于被迫害的妖人们很有点同情，因为我不但看教会的正宗的书，也查考现代学术的著述，他们不曾把妖术一切画的整个漆黑。据茂来女士著《西欧的巫教》等书说，所谓妖术即是古代土著宗教的遗留，大抵与古希腊的地母祭相近，只是被后来基督教所压倒，变成秘密结社，被目为撒旦之徒，痛加剿除，这就是中世有名的神圣审问，直至十七世纪才渐停止。上边关于无生老母我说的话恐怕就很受着这影响，我觉得地母祭似的崇拜也颇有意思，总之比宙斯的父系的万神殿要好得多吧。林清王伦的做皇帝的把戏，尹老须[①]的而字工夫，姜明波的落魂伞，这些都除外，实在也并不是本来必需的附属品。单就这老母来看，孤独忧愁，想念着她的儿女，这与穷困无聊，奔走到她身边去的无知男妇，一样的可以同情。这有什么办法，能够除外那些坏东西，而使老母与其儿女平安相处的呢？我不知道。柳子厚文集中有一篇《柳州复大云寺记》，其前半云：

【锺校】

①“须”原作“头”，据上文改。

越人信祥而易杀，傲化而偭仁。病且忧，则聚巫师用鸡卜，始则杀小牲，不可则杀中牲，又不可则杀大牲，而又不可，则诀[①]亲戚，饬死事，曰神不置我已矣，因不食，蔽面[②]死。以故户易[③]耗，田易荒，而畜字不孳，董之礼则顽，束之刑则逃，唯浮图事神而语大，可因而入焉，有以佐教化。

柳州于是建立了四个佛寺，大云寺即其一，他的效力大约是很有的，因为后来寺烧掉了，居人失其所依归，复立神而杀焉，便是个证据。柳君到来，兴复了大云寺，用他自己的话来说："使击磬鼓钟，以严其道而传其言，以人始复去鬼息杀而务趣于仁爱，病且忧，其有告焉而顺之，庶乎教夷之宜也。"这个办法现在也可以用么，我不敢下断语，总之他这话很有理解，非常人所能及，恐怕连韩退之也要算在内。近来我的脑子里老是旋转着孔子的几句话，中国究竟不知有多少万人，大概总可以说是庶了，富之与教之，怎么办呢。假如平民的生活稍裕，知识稍高，那么无生

【锺校】

①"诀"原作"决"，据《柳河东集》改。下同。

②"面"原作"而"。

③"易"原作"而"。

老母的崇拜也总可以高明得多吧。不过既想使工人吃到火腿，又要他会读培根，在西洋也还是不能兼得，中国又谈何容易。我这里费了些工夫，只算是就《破邪详辩》正续六卷书中抄出一点资料来，替著者黄壬谷做个介绍，不负他的一番劳力，虽然并不一定赞同他对于邪教之政治的主张。

（民国三十四年六月二十日，在北京）

古文与理学

蒋子潇[1]著《游艺录》卷下有《论近人古文》一则云：

余初入京师，于陈石士先生座上得识上元、管同，异之，二君皆姚姬传门下都讲也，因闻古文绪论，谓古文以方望溪为大宗，方氏一传而为刘海峰，再传而为姚姬传，乃八家之正法也。余时于方姚二家之集已得读之，唯刘氏之文未见，虽心不然其说而口不能不唯唯。及购得海峰文集详绎之，其才气健于方姚而根底之浅与二家同，盖皆未闻道也。夫文以载道，而道不可见，于日[2]用饮食见之，就人情物理之变幻处阅历揣摩，而准之以圣经之权衡，自不为迂腐无用之言。今

【锺校】

① “潇”原作“满”。

② 原无“日”字，今增。

三家文误以理学家语录中之言为道，于人情物理无一可推得去，是所谈者乃高头讲章中之道也，其所谓道者非也。八家者唐宋人之文，彼时无今代功令文之式样，故各成一家之法，自明代以八股文为取士之功令，其熟于八家古文者即以八家之法就功令文之范，于是功令文中钩提伸缩顿宕诸法往往具八家遗意，传习既久，千面一孔，有今文无古文矣。豪杰之士欲为古文，自必力研古书，争胜负于韩柳欧苏之外，别辟一径而后可以成家，如乾隆中汪容甫，嘉庆中陈恭甫，皆所谓开径自行者也。今三家之文仍是千面一孔之功令文，特少对仗耳。以不对仗之功令文为古文，是其所谓法者非也。余持此论三十年，唯石屏朱丹木所见相同。

这里就思想与文章两面，批评方姚及八大家的古文，有独到的见识，就是对于现今读书作文的人也是很好的参考。蒋君极佩服戴东原钱竹汀，以为是古今五大儒之二，我们可以找出一二相同的意见来，加添一点[1]的证据。《潜研堂文集》卷三十一《跋方望溪文》云：

【锺校】

①“点”原作“添”。

望溪以古[1]文自命，意不可一世，惟临川李巨来轻之。望溪尝携所作曾祖墓铭示李，才[2]阅一行即还之，望溪恚曰，某文竟不足一寓目乎。曰，然。望溪盖恚，请其说，李曰，今县以桐名者有五，桐乡桐庐桐柏桐梓，不独桐城也，省桐城而曰桐，后世谁知为桐城者，此之不讲，何以言文。望溪默然者久之，然卒不肯改，其护前如此。金坛王若霖尝言，灵皋以古文为时文，以时文为古文，论者以为深中望溪之病。

偶读望溪文，因记所闻于前辈者。

又卷三十三《与友人书》，详论方望溪文之缪，以为其所谓义法者特世俗选本之古文，未尝博观而求其法，法且不知而义于何有，因谓若方氏乃真不读书之甚者，今不具引。王若霖的两句话可以算是不刊之论，无怪如《与友人书》所说，方终身病之。近代的人也多主张此说，王湘绮年谱卷五记其论文语云，明代无文，以其风尚在制艺，相去辽绝也，茅鹿门始以时文为古文，因取唐宋之似时文者为八家。这样一说更是明了，八家本各成一家之法，以时文与古文混做

【锺校】

①“古”原作“右”。

②“才”原作“终”。

的人乃取其似时文者为世俗选本，于是遂于其中提出所谓义法来，以便遵守，若博观而求之，则不能得此捷径矣。方望溪读过许多书，但在奇正浓淡详略本无定法的古文中间，欲据选本以求捷径，其被称为不读书亦正是无足怪也。在思想方面也有同样的情形。《孟子字义疏证》卷下论权末一条详说宋以后[①]儒者理欲之辨的流弊，有云：

> 举凡饥寒愁怨饮食男女常情隐曲之感，则名之曰人欲，故终其身见欲之难制，其所谓存理，定有理之名，究不过绝情欲之感耳。何以能绝，曰主一无适。此即老氏之抱一无欲，故周子以一为学圣之要，且明之曰，一者无欲也。天下必无舍生养之道而保存者，凡事为皆出于欲，无欲则无为矣，有欲而后有为，有为而归于[②]当而不可易之谓理，无欲无为，又焉有理。老庄释氏主于无欲无为，故不言理，圣人务在有欲有为之咸得理，是故君子亦无私而已矣，不贵无欲，君子使欲出于正不出于邪，不必无饥寒愁怨饮食男女常情隐曲之感，于是才说巫辞反得刻议君子而罪

【锺校】

① 原无“后”字，今增。

② 此处原衍“而”字，已删。

之，此理欲之辨使君子无完行者为祸如是也。

又云：

夫尧舜之忧四海穷困，文王之视民如伤，何一非为民谋其人欲之事，惟顺而导之，使归于善。今既截然分理欲为二，治己以不出于欲为理，治人亦必以不出于欲为理，举凡民之饥寒愁怨饮食男女常情隐曲之感，咸视为人欲之甚轻者矣。轻其所轻，乃吾重天理也，公义也，言虽美而用之治人则祸其人，至于下以欺伪应乎上，则曰人之不善，胡弗思圣人体民之情，遂民之欲，不待告以天理公义，而人易免于罪戾者之道也，孟子于民之放辟邪侈无不为以陷于罪，犹曰是罔民也，又曰，救死而恐不赡，奚暇治礼义。古之言理也，就人之情欲求之，使之无疵之为理，今之言理也，离人之情欲求之，使之忍而不顾之为理，此理欲之辨适以穷天下之人，尽转移为欺伪之人，为祸何可胜言哉。

戴君的意见完全是儒家思想，本极平实，只因近千年来为道学家所歪曲，以致未达[1]于人情物理而归于至当的人生的路，终乃变而为高头讲章之道，影响所

【锺校】

① 原无“达”字，今补。

及，道德政治均受其祸，学术艺文自更无论矣，得戴君出而发其覆，其功德殊不少也。这种意思从前也有人说过，不过较为简单，如清初刘继庄在《广阳杂记》卷二中一则云：

> 余观世之小人未有不好唱歌看戏者，此性天中之《诗》与《乐》也，未有不看小说听说书者，此性天中之《书》与《春秋》也，未有不信占卜祀鬼神者，此性天中之《易》与《礼》也。圣人六经之教原本人情，而后之儒者乃不能因其势而利导之，百计禁止遏抑，务以成周之刍狗茅塞人心，是何异壅川使之不流，无怪其决裂溃败也。夫今之儒者之心刍狗之所塞也久矣，而以天下大器使之为之，爰以图治，不亦难乎。

再早上去则在汉代，如《淮南子·泰族训》云：

> 民有好色之性，故有大婚之礼，有饮食之性，故有大飨之谊，有喜乐之性，故有钟鼓管弦之音，有悲哀之性，故有衰绖哭踊之节。故先王之制法也，因民之所好而为之节文者也。

焦里堂云，《淮南子》杂取诸子九流之言，其中有深得圣人精义者。圣人的精义其实是很平易的，无非是人情物理中至当不易的一点，戴君所云饥寒愁怨饮食男女常情隐曲之感，蒋君所云于日用饮食见之，也都是这个意思，唯在后世主张绝欲的理学家则不能了解，却走入反面去，致劳能惧思之士词而辟之，诚不得已也。

我们在上边抄了好些人的言论，本来生怕成为文抄公，竭力节省，却仍是抄了不少，这是为什么呢。八家和方姚的时文化的文章，理学家的玄学化的思想，固然多有缺点，已经有明眼人看穿，而且这些[①]也都已是过去的事，现在何必再翻陈案来打死老虎呢。这话似乎也说得有理，可是只知其一不知其二，因为这依然还是现今的活问题，那只老虎并没有死，仍旧张牙舞爪的要咬人哩。中华民国成立已有三十四年，在三十岁左右的年轻人中间，诚然不见得再有专心讲究桐城[②]义法或是程朱理学的人了吧，但是我们整个的一看文化界的情形，这些还有着绝大的势力，现在如此，将来也要如此，假如现今没有什么方法来补救，使得他变动一下。就是说到青年的读书作文，这也是一个严重的问题，不是可以轻轻看过的。大家鼓励青年读书，这固然是很好的事情，但是读什么书呢？现代的新书不多，即使多也总不够用，那么旧书

【锺校】

①“些”原作“此”。

②此处原衍“里”字，已删。

还是不可不读，而[1]旧书这物事却不是好玩的，他真有点像一只大虫，你驾御得他住，拿来作坐骑也可以，否则一不小心会被吃下肚去不算，还要给他当听差，文言称曰伥鬼。读新的学术书，特别是关于自然科学的，完全是吸收知识，只要[2]记着便好，若是读中国旧书，本来也是吸收知识，却先要经过一番辨别选择作用，有如挑河水来泡茶煮饭，须得滤过，至少也得放下明矾去，使水中泥土杂质和他化合，再泌出水来饮用才行。上面抄了好许多人家的话，便是来做一个例子，旧书里边有这种麻烦的地方，要这样仔细的去辨别，才不至于上当，冒失的踏进门去再也爬不出来。但是预先的警告不得不说的严重一点，其实只要有备无患，别无什么问题了。学者如先具备科学常识，了知宇宙生物的事情，在明了中国思想大要，特别是儒家以仁为主旨的思想，多参考前贤通达的意见，如上文所引者，渐有规定之后，无论看什么书，便能自己辨别选择，书中所有都是药笼中物，孔子曰，三人行必有我师焉，善读书者的态度盖亦正是如此也。

【锺校】

① 此处原衍“这”字，已删。

② 此处原衍“着”字，已删。

关于竹枝词

七八年前曾经为友人题所编《燕都风土丛书》，写过一篇小文，上半云：

不佞从小喜杂览。所喜读的品类本杂，而地志小书为其重要的一类，古迹名胜固复不恶，若所最爱者乃是风俗物产这一方面也。中国地大物博，书籍浩如烟海，如欲贪多实力有不及，故其间亦只能以曾游或所知者为限，其他则偶尔涉及而已。不佞生于会稽，曾寓居杭州南京，今住北平，已有二十馀年，则最久矣。在杭州时才十三四岁，得读《砚云甲编》中之《陶庵梦忆》，心甚喜之，为后来搜集乡人著作之始基，惜以乏力，至今所收不能多耳。尔后见啸园刊本《清嘉录》，记吴事而可通于两浙，先后搜得其异本四种，《藤阴杂记》，《天咫偶闻》及《燕京岁时记》，皆言北京事者，常在案头，若《帝京景物略》则文章尤佳妙，唯恨南京一略终不可得见，辜负余六年浪迹白门，无物作纪念也。

去年冬天写《十堂笔谈》，其九是谈风土志的，其中有云：

> 中国旧书史部地理类中有杂记一门，性质很是特别，本是史的资料，却很多文艺的兴味，虽是小品居多，一直为文人所爱读，流传比较的广。这一类书里所记的大都是一地方的古迹传说，物产风俗，其说既多新奇可喜，假如文章写得好一点，自然更引人入胜，而且因为说的是一地方的事，内容固易于有统一，更令读者感觉对于乡土之爱，这是读大部分的地理书时所没有的。这些地理杂记，我觉得他好，就是材料好，意思好，或是文章好的，大约有这几类：其一是记一地方的风物的，单就古代来说，晋之《南方草木状》，唐之《北户录》与《岭表录异》，向来为艺林所珍重。中国博物之学不发达，农医二家门户各别，士人知道一点自然物差不多只靠这些，此外还有《诗经》《楚辞》的名物笺注而已。其二是关于前代的，因为在变乱之后，举目有河山之异，著者大都是逸民遗老，追怀昔年风景，自不禁感慨系之，其文章既含有感情分子，

追逐过去的梦影，鄙事俚语不忍舍弃，其人又率有豪气，大胆的抒写，所以读者自然为之感动倾倒。宋之《梦华》《梦粱》二录，明之《如梦录》与《梦忆》，都是此例。其三是讲本地的，这本来可以同第一类并算，不过有这一点差别，前者所记多系异地，后者则对于故乡或是第二故乡的留恋，重在怀旧而非知新。我们在北京的人便就北京来说吧，燕云十六州的往事，若能存有纪录，未始不是有意思的事，可惜没有什么留遗，所以我们的话只好从明朝说起。明末的《帝京景物略》是我所喜欢的一部书，即使后来有《日下旧闻》等，博雅精密可以超过，却总是参考的类书，没有《景物略》的那种文艺价值。清末的书有《天咫偶闻》与《燕京岁时记》，也都是好的，民国以后出版的有枝巢子的《旧京琐记》，我也觉得很好，只可惜写得太少罢了。

上边两节虽然是偶尔写成，可是把我对于地志杂记或风土志的爱好之意说的颇为明白，不过以前所说以散文为主，现在拿来应用于韵文方面，反正道理也是一样。韵文的风土志一类的东西，这是些什么呢？《两都》《二京》，以至《会稽三赋》，也都是的，但我所说的不是这种大著，实在只是所谓竹枝词之类而已。说起竹枝的历史，大家都追踪到刘禹锡那里去，其实这当然古已有之，关于人的汉有刘子政的《列女传赞》，关于物的晋有郭景纯的《山海经图赞》，不过以七言绝句的体裁，而名为竹枝者，以刘禹锡作为最早，这也是事实。案[①]《刘梦得文集》卷九，竹枝词九首又二首，收在乐府类内，观小引所言，盖本是拟作俗歌，取其含思婉转，有淇[②]濮之艳，大概可以说是子夜歌之近体诗化吧。由此可知七言四句，歌咏风俗人情，稍涉俳调者，乃是竹枝正宗，但是后来引申，咏史事，咏名胜，咏方物，这样便又与古时的图赞相接连，而且篇章加多，往往凑成百篇的整数，虽然风趣较前稍差，可是种类繁富，在地志与诗集中间也自占有一部分地位了。这种书最初多称百咏，现存最早的著作要算是《郴江百咏》，著者阮阅，即是编《诗话总龟》的人，此书作于宋宣和中，已在今八百年前矣。元明之间所作亦不甚少，唯清初朱竹垞的《鸳鸯湖棹歌》出，乃更有名，竹枝词之盛行于世，实始于此。竹垞作《棹歌》在康熙甲寅，谭舟石和

【锺校】

①“案”原作“宋”。

【蒋校】

②“淇”原作“湛”。

之，至乾隆甲午，陆和仲张芑堂又各和作百首，蔚成巨册，前后相去正一百年，可谓盛事。此后作者甚多，纪晓岚的《乌鲁木齐杂诗》与蔡铁耕的《吴歈百绝》，可以算是特别有意味之作。百咏之类当初大抵只是简单的诗集，偶尔有点小注或解题，后来注渐增多，不但说明本事，为读诗所必需，而且差不多成为当然必具的一部分，写得好的时候往往如读风土小记，或者比原诗还要觉得有趣味。厉惕斋著《真州竹枝词》四百首，前有小引一卷，叙述一年间风俗行事，有一万二千馀言，又黄公度著《日本杂事诗》，王锡祺抄录其注为《日本杂事》一卷，刊入《小方壶斋丛抄》中，即是一例。这一类的诗集，名称或为百咏，或为杂咏，体裁多是七言绝句，亦或有用五言绝句，或五言七言律诗者，其性质则专咏古迹名胜，风俗方物，或年中行事，亦或有歌咏岁时之一段落如新年，社会之一方面如市肆或乐户情事者，但总而言之可合称之为风土诗，其以诗为乘，以史地民俗的资料为载，则固无不同。鄙人不敢自信懂得诗，虽然如竹垞《棹歌》第十九首云：

姑恶飞鸣触晓烟，红蚕四月已三眠。
白花满把蒸成露，紫椹盈筐不取钱。

这样的诗我也喜欢，但是我所更喜欢的乃是诗中所载的“土风”，这个意见在上文已经说过，现在应用于竹枝词上也还是一样的。我在《十堂笔谈》中又说：

> 我的本意实在是想引诱读者，进到民俗研究方面去，使这冷僻的小路上稍为增加几个行人，专门弄史地的人不必说，我们无须去劝驾，假如另外有人对于中国人的过去与将来颇为关心，便想请他们把史学的兴趣放到低的广的方面来，从读杂记的时候起离开了廊庙朝廷，多注意田野坊巷的事，渐与田夫野老相接触，从事于国民生活史之研究，此虽是寂寞的学问，却于中国有重大的意义。

散文的地理杂记太多了，暂且从缓，今先从韵文部分下手，将竹枝词等分类编订成册，所记是风土，而又是诗，或者以此二重原因，可以多得读者，但此亦未可必，姑以是为编者之一向情愿的希望可也。

（一九四五年七月二十日，北京）

北京的风俗诗

竹枝词在文学史上自有其源流变迁，兹不具详。这本来是诗，照例应属于集部，宋[①]朝人的郴江嘉禾各种百咏在四库总目里都收入别集内，而提要中又称其于地志考据不为无助，可见以内容论这也可以属于史部，而且或者更为适切亦未可知。但是这一类诗的性质也不完全统一，大抵可以分作三样来说。一是所咏差不多全属历史地理的性质的，较早的一部分如宋元的各种百咏，虽说是歌咏其土风之胜，实际上只是山川古迹，往往与平常怀古之诗相似，如李太白诗云，宫女如花满春殿，至今唯有鹧鸪飞，作为越中百咏之一也是绝好的作品。二是如四库提要所云，踵前例而稍变其面目者，朱竹垞的《鸳鸯湖棹歌》一百首是最好的例，所谓诗情温丽固是特色，因此极为世人

【锺校】

①“宋”原作“宗”。

所重，经谭舟石、陆和仲、张文鱼诸人赓续和作，共约四百首，蔚为大观，所咏范围亦益扩大，使读者兴趣随以增加。如《棹歌》之十八云，白花满把蒸成露，紫椹盈筐不取钱。又五十二云，不待上元灯火夜，徐王庙下鼓冬冬。这里加入岁时风物的分子，都是从来所少的，这不但是好诗料，也使竹枝词扩充了领域，更是很好的事。寒斋所有又是看了觉得喜欢的，乾嘉以来有钱沃臣《蓬岛樵歌》，正续各百首，所咏事物甚众而注亦详备，蔡云《吴歈百绝》，厉秀芳《真州竹枝词》四百首，前有引万二千馀言，皆专咏年中行事者，《武林新年杂咏》系吴谷人等六人合著，又用五言律诗，体例少异，却亦是此类的佳作。三是以风俗人情为主者，此种竹枝词我平常最喜欢，可是很不可多得，好的更少。这是风俗诗，平铺直叙不能讨[①]好，拉扯故典陪衬，尤其显得陈腐，馀下来的办法便只有加点滑稽味，即漫画法是也。所以这一类竹枝词说大抵是讽刺诗并无不可，不过这里要不得那酷儒莠书的一路，须得有诙谐的风趣贯串其中，这才辛辣而仍有点蜜味。可惜中国历来滑稽的文字与思想不很发达，漫诗的成绩与漫画一样的不佳，实在是

【锺校】

①“讨”原作“诗”。

无可如何的。我想道家思想本来是还博大的，他有发生这种艺术的可能，但是后来派生出来的儒法两家却很讲正经，所以结果如此也未可知。汉武帝时柏梁台联句，东方朔和郭舍人都那么开玩笑，可见其时还有这样风气，看东方朔的诫子诗，可以知道他原是道家的人。《史记·滑稽列传》中云，太史公曰，天道恢恢，岂不大哉，谈言微中，亦可以解纷。这两句话说得很好，与鄙见大抵相同。滑稽——或如近时所谓幽默的话，固然会有解纷之功用，就是在谈言微中上也自有价值，可以存在，此正是天道恢恢所以为大也。太史公所记，淳于髡与二优人皆周秦时人，褚先生所补六章中除王先生与西门豹并非滑稽外，郭舍人东方朔即联句者，与东郭先生皆汉武时人物，此后惜[①]无复有纪录。佛教新兴，以至禅宗成立，思想界得一解放的机缘，又以译经的便利，文章上发生一种偈体，这与语录的散文相对，都很有新的意义。在韵文方面，韵这一关终于难以打破，受了偈的影响而创造出来的还只是王梵志和寒山子的五言诗，以至牛山的志明和尚的七言绝句。正如语录文被宋朝的道学家拿了去应用一样，这种诗体也被他们拿了过去，大做其他

【锺校】

①“惜”原作“昔”。

们的说理诗，最明显的是《击壤[1]集》著者鼎鼎大名的邵尧夫，其实就是程朱也还是脱不了这一路的影响。本来文字或思想的通用别无妨碍，不过我们这里是说滑稽的文诗，所必要的是具有博大的人情，现在却遇见这样的话，如朱晦庵骂胡澹庵的诗云，世路无如人欲险，几人到此误平生，能不令人索然兴尽，掷卷不欲再观。大概在这方面儒生的成绩不能及和尚，不但是创始与追随之差，实在也恐怕是人物之不相及。志明的《牛山四十屁》中有云：

秦时寺院汉时墙，破破衣衫破破床。
感激开坛新长老，常将语录赐糊窗。

又云：

闲看乡人着矢棋，新兴象有过河时。
马儿蹩脚由他走，我只装呆总不知。

这些诗虽不能说怎样了不得的好，总之谐诗的风格确已具备，可以作讽刺诗了，拉过来说则作风俗诗也正是恰好，问题只是在于时机而已。明朝因王阳明李卓吾的影响，文学思想上又来了一次解放的风潮，公安派着重性灵，把道学家的劝世歌似的说理诗挽救了过

【锺校】

①“壤”原作“壞”。

来，可是他们还是抓住诗的系统，虽是口里说着《劈破玉》《打草竿》是真人之诗，却仍不能像和尚们摔下头巾，坦率干脆的做了异端。这风气传到清朝，在康熙的李笠翁，乾隆的郑板桥诸人上面可以看出，我曾见一册《哑然绝句诗》，是曾子六十七世孙曾衍东所作，全是板桥一派而更为彻底一点，所以也是难得。等到《文章游戏》四集的编者缪莲仙，《岂有此理》二集的作者周竹君出现，老实承认是异端，同牛山志明长老的态度一样，自做他的打油诗，不想来抢夺诗坛的交椅，这样表明之后谐诗独自的地位也可以算是立定了。单行的著作我只看到郭尧臣的《捧腹集诗抄》一卷，蔡绍周的《怪吟杂录》二卷，别的不知道还有些什么，此外则我所想说的歌咏北京风俗的竹枝词也可以算在这里边。本来各地方的竹枝词很不少，可是多自附于著作之林，大抵追随竹垞的一路，上焉者也能做到温丽地步，成为一首好绝句，其次则难免渐入于平庸窘迫，觉得还是小注较有趣味了。清代的北京竹枝词如樊文卿的《燕都杂咏》，计五言绝句三百六十馀首，材料不为不丰富，可是仍用正宗的诗体咏史地的故实，正是上边的一个好例，与咏风俗的讽刺诗相去很远。可以称是风俗诗的，就鄙人所知就没有多少种。大概可以分列如左：

甲，杨米人著《都门竹枝》一百首，未见，只在乙的小引中提及，大约是乾嘉间之作吧。

乙，无名氏著《都门竹枝词》八十首，嘉庆癸酉年刊，小引中说本有一百首，其二十首删去不存云。

丙，得硕亭著《京都竹枝词》一百八首，题曰《草珠[1]一串》，序文不记年月，唯中云甲戌见竹枝词八十首，案即癸酉之次年，为嘉庆[2]十九年也。

丁，杨静亭著《都门杂咏》一百首，序署道光二十五年即乙巳岁，原附《都门纪略》后，今所见只同治元年甲子徐永年改订本，所收除静亭原作外，又增入盛子振、王乐山、金建侯、张鹤泉四人分咏，总共二百十七首，计静亭诗有一百首，可知未曾删削，唯散编在内而已。光绪三年丁巳改出单行本，易名为《都门竹枝词》，增加三十五首，不著撰人名字，且并原本五人题名亦删去之，殊为不当，至十三年丁酉《都门纪略》改编为《朝市丛载》，照样收入，又增二十馀首，则文词且欠妥适，更不足取矣。光绪后亦有新作，今不多赘。照上边所记看来，大概以乙丙两种为优，因为讽刺多轻妙，能发挥风俗诗的本领，

【锺校】

① “珠”原作“枝”。

② 原无“庆”字，今增。

《草珠一串》序云，《京都竹枝词》八十首不知出自谁手，大半讥刺时人时事者多，虽云讽刺，未寓箴规，匪独有伤忠厚之心，且恐蹈诽谤之罪，友人啧啧称善，余漫应之而未敢附和也。可见在癸酉甲戌当时，这讽刺觉得很锐利，作者不署名或者也由于此，到了今日已是百馀年后，无从得知本事，可是感觉说得刻薄，总是真的，而这刻薄的某种程度在讽刺诗上却也是必要，所以不能一定说他不对。平心而论，此无名氏的著作比较得硕亭老夫子或者还是高出一分，也正难说。说到这里我连想起日本的讽刺诗或风俗诗来，这叫做川柳，在民国十二年夏天我在燕京文学会讲演过一回，其中有一节云：

> 川柳的讽刺大都是类型的，如荡子、迂儒、出奔、负债之类，都是所谓柳人的好资料，但其所讽刺者并不限于特殊事项，即极平常的习惯言动，也因了奇警的着眼与造句，可以变成极妙的漫画。好的川柳，其妙处全在确实地抓住情景的要点，毫不客气而又含蓄的抛掷出去，使读者感到一种小的针刺，似痛似痒的，又如吃到一点芥末，辣得眼泪要出来，却刹时过去了，并不像青辣椒那么粘缠。川柳揭穿人情之机微，根本上没有什么恶意，我们看了那里所写的世相，不禁点

头微笑，但一面因了这些人情弱点，或者反使人觉得人间之更为可爱，所以他的讽刺乃是乐天家的一种玩世不恭的态度，而并不是厌世者诅咒。

上边提到东方朔，现在可以知道凡滑稽家他们原是一伙儿的。中国风俗诗或谐诗未曾像川柳[1]似的有过一段发达的历史，要那么理想的好自然也不容易，但原则上我想总是一致的，至少我们的看法可以如此。要举出充分的例来，有点可惜珍贵的纸，姑且把别家割爱了，只引用无名氏的词本，而且可以关于书生生活为限，这就是上文所谓迂儒的一类。如《考试》十首之一云：

水陆交驰应试来，桥头门外索钱财。
乡谈一怒人难懂，被套衣包已割开。

其二云：

惯向街头雇贵车，上车两手一齐爬。
主人拱手时辰久，靠着门旁叫腿麻。

又其三云：

短袍长褂着镶鞋，摇摆逢人便问[2]街。
扇络不知何处去，昂头犹自看招牌。

【锺校】

① “川柳”原作“柳川”。
② “问”原作“向”。

这里把南来的考相公写得神气活现，虽然牛山和尚曾有老僧望见遍身酥之咏，对于游山相公大开玩笑，现今一比较却是后来居上多多了。又《教馆》十首亦多佳作，今录其三[①]首云：

一月三金笑口开，择期启馆托人催。
关书聘礼何曾见，自雇驴车搬进来。

又其八云：

偶尔宾东不合宜，顿思逐客事离奇。
一天不送先生饭[②]，始解东君馆已辞。

其十云：

谋得馆时盼馆开，未周一月已搬回。
通称本是教书匠，随便都能雇得来。

这诗[③]真是到现在还有生命，凡是做过书房或学堂的先生的人谁看了都觉得难过。近年坊间颇盛行的四大便宜的俚语云，挤电车，吃大盐，贴邮票，雇教员。教书匠的名号至今存在，那么受雇解雇的事自然也是极寻常的事，这条原理不料在一百三十年前已经定下了。替塾师诉苦的打油诗向来不少，如《捧腹集》中

【锺校】

①“三”原作“二”。
②“饭”原作“饮”。
③“诗”原作“时”。

就有《青毡生随口曲》七绝十四首，《蒙师叹》七律十四首，可是无论处境怎样窘迫，也还不过是“栗爆偶然攒一个，内东顷刻噪如鸦”之类而已，不至于绝食示意，立刻打发走路。《随口曲》有云：

一岁修金十二千，节仪在内订从前。
适来有件开心事，代笔叨光夹百钱。（原注云，市语以二百为夹百。）

×

乡馆从来礼数宽，短衫单裤算衣冠。
燥脾第一新凉候，赤脚蓬头用午餐。

×

最难得是口头肥，青菜千张又粉皮。
闻说明朝将戽溇，可能晚膳有鳑鲏。

这样看来，塾师生活里也还有点有趣的地方，不似都门教馆的一味暗淡，岂海宁州的境况固较佳乎，理或有之，却亦未敢断言也。

（民国乙酉年六月十五日）

关于近代散文

我与国文的因缘说起来很有点儿离奇。我曾经在大学里讲过几年国文，可是我自己知道不是弄国文的，不能担当这种工作。

在书房里我只读完了《四书》，《五经》则才读了一半，这就是说《诗》与《易》，此外都只一小部分。进了水师学堂之后，每礼拜有一天的汉文功课，照例做一篇“管仲论”之类的文章，老师只给加些圈点，并未教示什么义法与规矩。

民国前六年往日本，这以后就专心想介绍翻译外国文学，虽然成绩不能很好，除了长篇小说三部，中篇二部，即《炭画》与《黄蔷薇》之外，只有两册《域外小说集》刊行于世。民国元年在本省教育司做了半年卧病的视学，后来改而教书，自二年至六年这中间足足五十个月，当了省立第五中学的英文教员，至其年四月这才离开绍兴，来到北京。

当时蔡孑民先生接办北京大学，由家兄写信来叫我，说是有希腊罗马文学史及古英文等几门功课，可以分给我担任，于是跑来一看，反正那时节火车二等单趟不过三四十元，出门不是什么难事。及至与蔡先生见面，说学期中间不能添开功课，这本来是事实，还是教点预科的作文吧。这使我听了大为丧气，并不是因为教不到本科的功课，实在觉得国文非我能力所及，虽然经钱玄同沈尹默诸位朋友竭力劝挽，我也总是不答应，从马神庙回寓的路上就想定再玩两三日，还是回绍兴去。

可是第二天早半天蔡先生到会馆来，叫我暂在北大附设的国史编纂处充任编纂之职，月薪一百二十元，刚在洪宪倒坏之后，中交票不兑现，只作五六折使用，却也不好推辞，便即留下，在北京过初次的夏天。这期间不幸发了一次很严重的疹子，接着又遇见那滑稽而丑恶的复辟，这增进了我好些见识，所以也可以说是不幸中之幸。

秋间北大开学，我加聘为文科教授，担任希腊罗马文学史欧洲文学史两课各三小时，一面翻译些外国小说，送给《新青年》发表，又在《晨报》副刊上写点小文章，这样仿佛是我的工作上了轨道，至文学研究会成立，沈雁冰郑西谛接办《小说月报》，文学运动亦已开始了。

恰巧友人沈尹默、钱玄同、马幼渔、叔平、隅卿等在办理孔德学校，拉我参加，尹默托我代改高小国文作文本，我也答应了，现今想起来是我与国文发生关系之始，其后又与尹默玄同分担任初中四年国文教课，则已在民国十二三年顷矣。

十一年夏天承胡适之先生的介绍，叫我到燕京大学去教书，所担任的是中国文学系的新文学组，我被这新字所误，贸贸然应允了，岂知这还是国文，根本原是与我在五年前所坚不肯担任的东西一样，真是大上其当。这不知怎样解说好，是缘分吧，还是运命，我总之是非教国文不可。那时教师只是我一个人，助教是许地山，到第二年才添了一位讲师，便是俞平伯。

我的功课是两小时，地山帮教两小时，即是我的国语文学这一门的一部分。

我自己担任的国语文学大概也是两小时吧，我知道这应当怎样教法，要单讲现时白话文，随后拉过去与《儒林外史》《红楼梦》《水浒传》相连接，虽是容易，却没有多大意思，或者不如再追上去到古文里去看也好。我最初的教案便是如此，从现代起手，先讲胡适之的《建设的文学革命论》，其次是俞平伯的

《西湖六月十八夜》，底下就没有什么了。其时冰心女士还在这班里上课，废名则刚进北[①]大预科，徐志摩更是尚未出现，这些人的文章后来也都曾选过，不过那是在民国十七八年的时候。这之后加进一点白[②]话译的《旧约》圣书，是《传道书》与《路得记》吧，接着便是《儒林外史》的楔子，讲王冕的那一回，别的白话小说就此略过，接下去是金冬心的《画竹题记》等，郑板桥的题记和家书数通，李笠翁的《闲情偶寄》抄，金圣叹的《水浒传序》。明朝的有张宗子、王季重、刘同人，以至李卓吾，不久随即加入了三袁，及倪元璐、谭友夏、李开先[③]、屠隆、沈承、祁彪佳、陈继儒诸[④]人，这些改变的前后年月现今也不大记得清楚了。

大概在这三数年内，资料逐渐收集，意见亦由假定而渐确实，后来因沈兼士先生招赴辅仁大学讲演，便约略说一过，也别无什么新鲜意思，只是看出所谓新文学在中国的土里原有他的根，只要着力培养，自然会长出新芽来，大家的努力决不白费，这是民国二

【锺校】

① "北"原作"化"。
② 原无"白"字，今增。
③ "先"原作"元"。
④ "诸"原作"储"。

十一年的事。至于资料，又渐由积聚而归删汰，除重要的几个人以外，有些文章都不收入，又集中于明代，起于李卓吾，以李笠翁为殿，这一回再三斟酌，共留存了十人，文章长短七十馀篇，重复看了一遍，看出其中可以分作两路，一是叙景兼事的纪游文，一是说理的序文，大抵关于思想文学问题的，此本出于偶然，但是我想到最初所选用的胡俞二君的大文，也正是这两条路的代表作，我觉得这偶然便大有意味，说是非偶然亦可也。还有一层，明季的新文学发动于李卓吾，其思想的分子很是重要，容肇祖君在《李卓吾评传》中也曾说及。民初的新文学运动正是一样，他与礼教问题是密切有关的，形式上是文字文体的改革，但假如将其中的思想部分搁下不提，那么这运动便成了出了气的烧酒，只剩下新文艺腔，以供各派新八股之采用而已。明末这些散文，我们这里称之曰近代散文，虽然已是三百年前，其思想精神却是新的，这就是李卓吾的一点非圣无法气之留遗，说得简单一点，不承认权威，疾虚妄，重情理，这也就是现代精神，现代新文学如无此精神也是不能生长的。古今不同的地方有这一点，李卓吾打破固有的虚妄，却是走进佛教里去，被道学家称为异端，现今则以中国固有的疾虚妄的精神为主，站在儒家的立场来清算一切谬误，接受科学知识做帮助，这既非教旨，亦无国属，故能有利无弊。

我本来不是弄国文的人，现在却来谈论国文，又似乎很有意见，说的津津有味，岂不怪哉。我自己还是相信没有教国文的能力，但我是中国人，对于汉文自不能一点不懂不会，至少与别的事物相比总得要多知道一点，而且究竟讲过十年以上，虽然不知说的对与不对，总之于不知为不知之外问我所知，则国文终不得不拿来搪塞说是其一矣。近代散文的资料至今存在，闲中取阅，重为订定，人数篇数具如上述。国文教员乐得摆脱，破书断简落在打鼓担里有何可惜，但凡有所主张亦即有其责任，我今对于此事更有说明，非重视什么主张，实只是表明自己的责任而已。

（民国三十四年七月二十七日，在北京）

遗失的原稿

我从光绪甲辰年开始写文章，于今已有四十年以上了，出版的单行本连翻译在内也有四十几册，想起来时光过的真快，浪费的纸墨也不算少，这如掉一句文正该称之曰灾梨祸枣吧。现在存留的文章不为不多，虽然仔细的看起来可存的也实在无几，但是对于偶然遗失了的几篇却总觉得可惜，不免有时还要想起。

这里值得一说的是很早的一部译稿，这是俄国亚力克舍托尔斯泰所著的历史小说，原名《银公爵》，译文有十万多字。这位大托尔斯泰比那《战争与和平》的著者年纪要大十一岁，虽然不及他的后辈那么有名，可是他那小书在本国大受欢迎，我们看了也觉得非常有趣。这里边讲的是俄皇伊凡第四时代的故事，他据说是有点精神病的，很有信心而又极是凶暴，当时称为可怕的伊凡。书中的主人公虽是银公爵，原姓舍勃良尼，译意曰银氏，是呱呱叫的烈士忠臣，也是个美男子，但是总不大有生气，有如戏文里的落难公子，出台来唤不起观众的兴趣，倒是那半疯狂的俄皇以及懂得妖法的磨工，虽只是二花面或小丑脚色，却令人读了津津有味，有时不禁要发笑。光绪丙午九月我到东京，住在本乡汤岛的伏见馆内，慢慢动手翻译英国哈葛得安特路郎共著的小说《世界欲》，至丁未二月译成，改名为《红星佚史》，由故蔡谷清君介绍，卖给商务印书馆，得价洋二百元。那年夏天由汤岛移居东竹町，在旧书店买得《银公爵》的英文译本，名曰《可怕的伊凡》，是一种六便士的粗印本，可是内容很有趣味，于是计划来翻译，大概是在丁未之冬完成的吧，因为是用拟古文翻译的，所以觉得原名《银公爵》不甚雅驯，改称曰《劲草》。这译文是我起草，由鲁迅抄录，用蓝格的日本纸，订成一厚本，又寄给商务印书馆去。不久原稿退了回来，说此书已经译出付印，当然不能再收了。后来那本译本印了出来，书名《不测之威》，似不著译人姓名，我们披读了一回之后，虽然不敢说自己的译得好，毕竟敝帚自珍，人情之常，也无足怪。译书卖钱以还书债，这预算一时顿挫了，不得不为补救之计。结果是那册匈加利育诃摩尔的小说，译名是《匈奴奇士录》，如序上所记其时为戊申五月。《劲草》的译稿收在柳条箱内，辛亥年秋间带回绍兴，民国初二年间又由鲁迅携至北京，想寻找发表的机会，最初交给某杂志社，其次交给某日报社，终于不能登出，末了连信息都没有，因为社是在外埠，所以就此了结了。这是遗失的原稿的第一件，虽然这事已在三十年前，只因对于原书尚有爱好之意，现今想起来还不免觉得可惜。

其次是《夜读抄》内的一篇，原名《习俗与神话》，是讲安特路郎的人类学派的神话解说的，民国二十年冬间写出，寄给《东方杂志》社，预备登在三月号上，可是上海战争勃发，这篇稿子也就毁于宝山路的一炬之中了。安特路郎的书曾经给过我好许多益处，不能轻易忘记，像神话学这样冷货色，又觉得少有人理会，也须得略为介绍，很想补写一篇，可是徒有心愿，提不起兴致来，亦是徒然。直至二十二年的年底，这才从新来写，题目虽还是一样，内容大概已全不相同，又位置仍旧列在《夜读抄》第三，依年月来说却应当算[1]是第十篇了。

第三次是在民国二十六年的七月，写了一篇《藏砖小记》，寄给天津《大公报》，供《文学周刊》之

【锺校】

① 此处原衍“是”字，已删。

用。其时卢沟桥事件已经发生，大家希望不会扩大，都还沉住了气各自做他的事，不料战火一发不可复收，天津陷落之后，我的那篇原稿也就不可复问了。所记的各种古砖寒斋里都保存着，而且也还是一两块的增加，如北燕太平三年残砖，又北魏延昌年[①]山并州故民孙抚孙妻赵丑女买墓地砖莂，有文四行八十二字，末[②]说明引时人为中证之故，“来时恍惚，不识古人”，说的很有意思。如要补作一篇小记，也并不难，可是补写亡失的文章这事比草创要难得多，需要更大的努力，这也可以说是勉强，所以后来一直都没有写，这回编订《秉烛后谈》时便索性将原有的篇目勾除了。

近时又有一回，这是去年十月所写的《续草木虫鱼》之一篇名曰《蚯蚓》，是老老实实的讲蚯蚓的文章，恰巧龚冰庐君来信说要办杂志，我就把这小文寄去凑热闹，到了十二月中龚君还托人带稿费来，实在受之有愧，却之不恭，因为我写文章的报酬是从每千字零元起算，如逢朋友们办刊物自然照这一条办理，

【蒋校】

①“年”原作“山”。

【锺校】

②“末”原作“未”。

龚君未免太是客气了。可是后来龚君听说卧病，旋即逝世，杂志未能刊出，那篇《蚯蚓》我不曾留有底稿，现今无法追寻，也只好以遗失论了。我并不想冒牌去写科学小品，因为这在我是外行，不敢乱说，只是对于昆虫稍有兴趣，心想少为写一点出来，庶①不虚负我的好意。这篇小文从孟子的上食槁壤下饮黄泉说起，引用英国怀德、达尔文、汤姆生诸人著书中的话，说明蚯蚓对于土壤的工作及其功劳，随后又说到蚯蚓的雌雄同体，在《山海经》上常有自为牝牡之句，容易使读者误解或是疑惑，这里便引了瑞德女医师所著《性是什么》的第二章中所述蚯蚓的生殖，由此可知雌雄同体之异体授精状态，是很有意思的事。这些材料全都存在，重写一篇也还容易，但是再也无此兴致，那么只能算了，虽然心里还是惋惜，文章本不足道，便是材料颇好，上边列举出来，希望或者可以有人利用。《蚯蚓》之后又写了一篇《萤火》，根据法勃尔《昆虫记》，说萤火吃蜗牛的故事，这篇小文却不曾失掉，老实说这倒并不觉得喜欢，若是遗失也不怎么可惜也。

在这些文章之中最不能忘记的还是那小说的译

【锺校】

① “庶”原作“遮”。

本。普通的论文随笔原是自己所写的，有如萧老公在台城所说，自我得之，自我失之，亦复何恨。而且自作的文章无论怎么敝帚自珍，到底也只是敝帚，若是翻译则原本是别人的东西，总要比自己的好，倘有失误，仿佛是有负委托，个人的徒劳倒在其次。

自己如有力量，还应多去做点翻译工作，庶几于人有益，不过翻译实在要比写作为难，所以未能如愿。文章觉得非写不可而尚未写出的，想起来也不大有，反正是只好从第二三句话说起，不说亦无甚关系，但是心想翻译的文章或是书却并不少，这一件事实在是很值得考虑的。

（民国三十四年六月二十八日，北京）

【附记】 这篇文章写了不久，得上海友人来信，说《蚯蚓》抄有副本，由龚君交某君收存，现在已展转找到，可以收入《立春以前》里边去了。这有如路上遗金复得，自然是很可感谢的事，这里本文不再删改，只在此说明一下，因为此文主要目的是纪念《劲草》，其馀原只是陪衬也。

（七月三日记）

风的话

北京多风，时常想写一篇小文章讲讲他。但是一拿起笔，第一想到的便是大块噫气这些话，不觉索然兴尽，又只好将笔搁下。近日北京大刮其风，不但三日两头的刮，而且一刮往往三天不停，看看妙峰山的香市将到了，照例这半个月里是不大有什么好天气的，恐怕书桌上沙泥粒屑，一天里非得擦几回不可的日子还要暂时继续，对于风不能毫无感觉，不管是好是坏，决意写了下来。说风的感想，重要的还是在南方，特别是小时候在绍兴所经历的为本，虽然觉得风颇有点可畏，却并没有什么可以嫌恶的地方。绍兴是水乡，到处是河港，交通全用船，道路铺的是石板，在二三十年前还是没有马路。因为这个缘故，绍兴的风也就有他的特色。这假如说是地理的，此外也有一点天文的关系。绍兴在夏秋之间时常有一种龙风，这是在北京所没有见过的。时间大抵在午后，往往是很好的天气，忽然一朵乌云上来，霎时天色昏黑，风暴大作，在城里说不上飞沙走石，总之是竹木摧折，屋瓦整叠的揭去，哗喇喇的掉在地下，所谓把井吹出篱笆外的事情也不是没有。若是在外江内河，正坐在船里的人，那自然是危险了。不过撑蜑船的老大们大概多是有经验的，他们懂得占候，会看风色，能够预先防备，受害或者不很大。龙风本不是年年常有，就是发生也只是短时间，不久即过去了，记得老子说过："飘风不终朝，骤雨不终日，孰为此者天地，天地尚不能久，而况于人乎。"

这话说得很好，此本是自然的纪律，虽然应用于人类的道德也是适合。下龙风一二等的大风却是随时多有，大中船不成问题，在小船也还不免危险。我说小船，这是指所谓踏桨船，从前在《乌篷船》那篇小文中有云：

> 小船则真是一叶扁舟，你坐在船底席上，篷顶离你的头有两三寸，你的两手可以搁在左右的舷上，还把手掌都露出在外边。在这种船里仿佛是在水面上坐，靠近田岸去时便和你的眼鼻接近，而且遇着风浪，或是坐得稍不小心，就会船底朝天，发生危险，但是也颇有趣味，是水乡的一种特色。

陈昼卿《海角行吟》中有诗题曰“脚桨船”，小注云，船长丈许，广三尺，坐卧容一身，一人坐船尾，以足踏桨行如飞，向惟越人用以狎潮渡江，今江淮人并用之以代急足。这里说明船的大小，可以作为补足，但还得添一句，即舟人用一桨一楫，无舵，以楫代之。船的容量虽小，但其危险却并不在这小的一点上，因为还有一种划划船，更窄而浅，没有船篷，不怕遇风倾覆，所以这小船的危险乃是因有篷而船身较高之故。在庚子的前一年，我往东浦去吊先君的保母之丧，坐小船过大树港，适值大风，望见水面波浪如白鹅乱窜，船在浪上颠播起落，如走游木，舟人竭力支撑，驶入汊港，始得平定，据说如再颠一刻，不倾没也将破散了。这种事情是常会有的，约十年后我的大姑母来家拜忌日，午后回吴融村去，小船遇风浪倾覆，遂以溺死。我想越人古来断发文身，入水与蛟龙斗，干惯了这些事，活在水上，死在水里，本来是觉悟的，俗语所谓瓦罐不离井上破，是也。我们这班人有的是中途从别处迁移去的，有的虽是土著，经过二千馀年的岁月，未必能多少保存长颈鸟喙的气象，可是在这地域内住了好久，如范少伯所说，鼋鼍鱼鳖之与处而蛙黾之与同陼，自然也就与水相习，养成了这一种态度。辛丑以后我在江南水师学堂做学生，前后六年不曾学过游泳，本来在鱼雷学堂的旁边有一个池，因为有两个年幼的学生不慎淹死在里边，学堂总办就把池填平了，等我进校的时候那地方已经改造了三间关帝庙，住着一个老更夫，据说是打长毛立过功的都司。我年假回乡时遇见人问，你在水师当然是会游水吧。我答说，不。为什么呢？因为我们只是在船上时有用，若是落了水就不行了，还用得着游泳么。这回答一半是滑稽，一半是实话，没有这个觉悟怎么能去坐那小船呢。

上边我说在家乡就只怕坐小船遇风，可是如今又似乎翻船并不在乎，那么这风也不甚么可畏了。其实这未必尽然。风总还是可怕的，不过水乡的人既要以船为车，就不大顾得淹死与否，所以看得不严重罢了。除此以外，风在绍兴就不见得有什么讨人嫌的地方，因为他并不扬尘，街上以至门内院子里都是石板，刮上一天风也吹不起尘土来，白天只听得邻家的淡竹林的摩戛声，夜里北面楼窗的板门格答格答的作响，表示风的力量，小时候熟习的记忆现在回想起来，倒还觉得有点有趣。后来离开家乡，在东京随后在北京居住，才感觉对于风的不喜欢。本乡三处的住宅都有板廊，夏天总是那么泥沙粒屑，便是给风刮来的，赤脚踏上去觉得很不愉快，桌子上也是如此，伸纸摊书之前非得用手摸一下不可，这种经验在北京还是继续着，所以成了习惯，就是在不刮风的日子也会这样做。北京还有那种蒙古风，仿佛与南边的所谓落黄沙相似，刮得满地满屋的黄土，这土又是特别的细，不但无孔不入，便是用本地高丽纸糊好的门窗格子也挡不住，似乎能够从那帘纹的地方穿透过去。平常大风的时候，空中呼呼有声，古人云：春风狂似虎，或者也把风声说在内，听了觉得不很愉快。古诗有云，白杨多悲风，萧萧愁杀人。这萧萧的声音我却是欢喜，在北京所听的风声中要算是最好的。在前院的绿门外边，西边种了一棵柏树，东边种了一棵白杨，或者严格的说是青杨，如今十足过了廿五个年头，柏树才只拱把，白杨却已长得合抱了。前者是长青树，冬天看了也好看，后者每年落叶，到得春季长出成千万的碧绿大叶，整天的在摇动着。书本上说他无风自摇，其实也有微风，不过别的树叶子尚未吹动，白杨叶柄特别细，所以就颤动起来了。戊寅以前老友饼斋常来寒斋夜谈，听见墙外瑟瑟之声，辄惊问曰，下雨了吧，但不等回答，立即省悟，又为白杨所骗了。戊寅春初饼斋下世，以后不复有深夜谈天的事，但白杨的风声还是照旧可听，从窗里望见一大片的绿叶也觉得很好看。关于风的话现在可说的就只是这一点，大概风如不和[1]水在一起这固无可畏，却也就没有什么意思了。

（阴历三月末日）

【锺校】

①“和”原作“如”。

道义之事功化

董仲舒有言曰，正其谊不谋其利，名其道不计其功。这两句话看去颇有道理，假如用在学术研究上，这种为学问而学问的态度是极好的。可惜的事是中国不重学问，只拿去做说空话唱高调的招牌，这结果便很不大好。我曾说过，中国须有两大改革，一是伦理之自然化，二是道义之事功化。这第二点就是对于上说之纠正，其实这类意见前人也已说过，如黄式三《儆居集》中有《申董子功利说》云：

> 董子之意若曰，事之有益无害者谊也，正其谊而谊外之利勿谋也，行之有功无过者道也，明其道而道外之功勿计也。

这里固然补救了一点过来，把谊与道去当做事与行看，原是很对，可是分出道义之内或之外的功利来，未免勉强，况且原文明说其利其功，其字即是道与义的整个，并不限定外的部分也。我想这还当干脆的改正，道义必须见诸事功，才有价值，所谓为治不在多言，在实行如何耳。这是儒家的要义，离开功利没有仁义，孟子对梁惠王说，王何必曰利，亦有仁义而已矣，但是后边具体的列举出来的是这么一节：

> 五亩之宅，树之以桑，五十者可以衣帛矣。鸡豚狗彘之畜，无失其时，七十者可以食肉矣。百亩之田，勿夺其时，数口之家可以无饥矣。谨庠序之教，申之以孝悌之义，颁白者不负戴于道路矣。七十者衣帛食肉，黎民不饥不寒，然而不王者，未之有也。

阮伯元在《论语论仁论》中云：

> 《中庸篇》，仁者人也。郑康成注，读如相人偶之人。春秋时孔门所谓仁也者，以此一人与彼一人相人偶，而尽其敬礼忠恕等事之谓也。相人偶者，谓人之偶之也。凡仁必于身所行者验之而始见，亦必有二人而仁乃见，若一人闭户齐居，瞑目静坐，虽有德理在心，终不得指为圣门所谓之仁矣。盖士庶人之仁见于宗族乡党，天子诸侯卿大夫之仁见于国家臣民，同一相人偶之道，是必人与人相偶而仁乃见也。

我相信这是论仁的最精确的话，孟子所说的正即是诸侯之仁，此必须那样表现出来才算，若只是存在心里以至笔口之上，也都是无用。颜习斋讲学最重实行，《颜氏学记》引年谱记其告李恕谷语云：

> 犹是事也，自圣人为之曰时宜，自后世豪杰为之曰权略。其实此权字即未可与权之权，度时势，称轻重，而不失其节是也。但圣人纯出乎天理而利因之，豪杰深察乎利害而理与焉。世儒等之诡诈之流，而推于圣道之外，使汉唐豪杰不得近圣人之光，此陈同甫所为扼腕也。

颜君生于明季，尚记得那班读书人有如狂犬，叫号搏噬，以至误国殃民，故推重立功在德与言之上，至欲进汉唐豪杰于圣人之列，其心甚可悲，吾辈生三百年后之今日，绎其遗编，犹不能无所感焉。明末清初还有一位傅青主，他与颜君同是伟大的北方之学者，其重视事功也仿佛相似。王晋荣编《仙儒外纪削繁》有一则云：

> 外传云，或问长生久视之术，青主曰，大丈夫不能效力君父，长生久视，徒猪狗活耳。或谓先生精汉魏古诗赋，先生曰，此乃驴鸣狗吠，何益于国家。

此话似乎说得有点过激，其实却是很对。所谓效力君父，用现在话来说即是对于国家人民有所尽力，并不限于殉孝殉忠，我们可以用了颜习斋的话来做说明，

《颜氏学记》引《性理书评》中有一节关于尹和靖祭其师程伊川文，习斋批语起首有云：

> 吾读《甲申殉难录》，至愧无半策匡时难云云，未尝不泣下也，至览和靖祭伊川，不背其师有之，有益于世则未二语，为生民怆惶久之。

这几句话看似寻常，却极是沉痛深刻，我们不加注解，只引别一个人的话来做证明，这是近人洪允祥的《醉馀偶笔》的一则，其文曰：

> 《甲申殉难录》某公诗曰，愧无半策匡时难，只有一死报君恩。天醉曰，没中用人死亦不济事。然则怕死者是欤？天醉曰，要他勿怕死是要他拼命做事，不是要他一死便了事。

这里说的直捷痛快，意思已是十分明白了。我所说的道义之事功化，大抵也就是这个意思，要以道义为宗旨，去求到功利上的实现，以名誉生命为资材，去博得国家人民的福利，此为知识阶级最高之任务。此外如闭目静坐，高谈理性，或扬眉吐气，空说道德者，固全不足取，即握管著述，思以文字留赠后人，作启蒙发聩之用，其用心虽佳，抑亦不急之务，与傅君所谓驴鸣[1]狗吠相去一间耳。

【锺校】

①“鸣”原作“鸣”。

上边所根据的意见可以说是一种革命思想，在庸众看来，似乎有点离经叛道，或是外圣无法，其实这本来还是出于圣与经，一向被封建的尘土与垃圾所盖住了，到近来才清理出来，大家看得有点膜生，所以觉得不顺眼，在我说来倒是中国的旧思想，可以算是老牌的正宗呢。中国的思想本有为民与为君两派，一直并存着，为民的思想可以孟子所说的话为代表，即《尽心章》的有名的那一节："民为贵，社稷次之，君为轻。"为君的思想可以三纲为代表，据《礼记正义》在《乐记疏》中引《礼纬含文嘉》云："三纲谓君为臣纲，父为子纲，夫为妻纲矣。"在孔子的话里原本是君君臣臣，父父子子，其关系是相对的，这里则一变而为绝对的了，这其间经过秦皇汉帝的威福，思想的恶化是不可免的事，就只是化得太甚而已。这不但建立了神圣的君权，也把父与夫提起来与君相并，于是臣民与子女与妻都落在奴隶的地位，不只是事实上如此，尤其是道德思想上确定了根基，二千年也翻不过身来，就是在现今民国三十四年实在还是那么样。

不过究竟是民国了，民间也常有要求民主化的呼声，从五四以来已有多年，可是结果不大有什么，因为从外国来的影响根源不深，嚷过一场之后，不能生出上文所云革命的思想，反而不久礼教的潜势力活动起来，以前反对封建思想的勇士也变了相，逐渐现出太史公和都老爷的态度来，假借清议，利用名教，以立门户，争意气，与明季清末的文人没有多大不同。这种情形是要不得的。现在须得有一种真正的思想革命，从中国本身出发，清算封建思想，同时与世界趋势相应，建起民主思想来的那么一种运动。上边所说道义之事功化本是小问题，但根柢[1]还是在那里，必须把中国思想重新估价，首先勾消君臣主奴的伦理观念，改立民主[2]的国家人民的关系，再将礼教名分等旧意义加以修正，这才可以通行，我说傅洪二君的意见是革命的即是如此，他说没中用人死亦不济事，话似平常，却很含有危险，有如拔刀刺敌，若不成功，便将被只有一死报君恩者所杀矣。中国这派革命思想势力不旺盛，但来源也颇远，孟子不必说了，王充在东汉虚妄迷信盛行的时代，以怀疑的精神作《论衡》，虽然对于伦理道德不曾说及，而那种偶像破坏的精神与力量却是极大，给思想界开了一个透气的孔，这可以算是第一个思想革命家。中间隔了千馀年，到明末

【锺校】

①“柢”原作“抵”。

②“主”原作“立”。

出了一位李贽通称李卓吾，写了一部《藏书》，以平等自由的眼光，评论古来史上的人物，对于君臣夫妇两纲加以小打击，如说武则天卓文君冯道都很不错，可说是近代很难得的明达见解，可是他被御史参奏惑乱人心，严拿治罪，死在监狱内，王仲任也被后世守正之士斥不孝，却是这已在千百年之后了。第三个是清代的俞正燮，他有好些文章都是替女人说话，幸而没有遇到什么灾难。上下千八百年，总算出了三位大人物，我们中国亦足以自豪了。因此我们不自量也想继续的做下去，近若干年来有些人在微弱的呼叫便是为此，在民国而且正在要求民主化的现在，这些言论主张大概是没甚妨碍的了，只是空言无补，所以我们希望不但心口相应，更要言行一致，说得具体一点，便是他的思想言论须得兑现，即应当在行事上表现出来，士庶人如有仁心，这必须见于宗族乡党才行，否则何与于人，何益于国家，仍不免将为傅青主所诃也。

要想这样办很有点不大容易吧。关于仁还不成问题，反正这是好事，大小量力做些个，也就行了，若是有些改正的意见本来是革命的，世间不但未承认而且还以为狂诞悖戾，说说尚且不可，何况要去实做。这怎么好呢？英国蔼理斯的《感想录》第二卷里有一则，我曾经译出，加上题目曰《女子的羞耻》，收在《永日集》里，觉得很有意思，今再录于此，其文云：

一九一八年二月九日。

在我的一本著书里我曾记载一件事，据说义大利有一个女人，当房屋失火的时候，情愿死在火里，不肯裸体跑出来，丢了她的羞耻。在我力量所及之内，我常设法想埋炸弹于这女人所住的世界下面，使得他们一起毁掉。今天我从报上见到记事，有一只运兵船在地中海中了鱼雷，虽然离岸不远却立刻沉没了。一个看护妇还在甲板上，她动手脱去衣服，对旁边的人们说道，“大哥们不要见怪，我须得去救小子们的命。”她在水里游来游去，救起了好些的人。这个女人是属于我们的世界的。我有时遇到同样的女性的、优美而大胆的女人，她们做过同样勇敢的事，或者更为勇敢，因为更复杂地困难，我常觉得我的心在她们前面像一只香炉似的摆动着，发出爱与崇拜之永久的香烟。

我梦想一个世界，在那里女人的精神是比火更强的烈焰，在那里羞耻化为勇气而仍还是羞耻，在那里女人仍异于男子与我所欲毁灭的并无不同，在那里女人具有自己显示之美，如古代传

> 说所讲的那样动人，但在那里富于为人类服务而牺牲自己的热情，远超出于旧世界之上。自从我有所梦以来，我便在梦想这世界。

这一节话说的真好，原作者虽是外国人，却能写出中国古代哲人也即是现代有思想的人所说的话，在我这是一种启发，勇敢与新的羞耻，为人类服务而牺牲自己，这些词句我未曾想到，却正是极用得着在这文章里，所以我如今赶紧利用了来补足说，这里所主张的是新的羞耻，以仁存心，明智的想，勇敢的做，地中海岸的看护妇是为榜样，是即道义之事功化也。蔼[①]理斯写这篇《感想录》的时候正是民国八年春天，是五四运动的前夜，所谓新文化运动正极活泼，可是不曾有这样明快的主张，后来反而倒退下去，文艺新潮只剩了一股浑水，与封建思想的残渣没甚分别了。现在的中国还须得从头来一个新文化运动，这回须得实地做去，应该看那看护妇的样，如果为得救小子们的命，便当不客气的脱衣光膀子，即使大哥们要见怪也顾不得，最多只能对他们说句抱歉而已。

说到大哥们的见怪，此是一件大事，不是可以看轻的。这些大哥们都是守正之士，或称正人君子，也

【锺校】

①“蔼”原作“蔼”。

就是上文所云太史公都老爷之流，虽然是生在民国，受过民主的新教育，可是其精神是道地的正统的，不是邹鲁而是洛闽的正统。他们如看见小子们落在河里，胸中或者也有恻隐之心，却不见得会出手去捞，若是另一位娘儿们在他们面前脱光了衣服要摔下水去，这个情景是他们决不能许可或忍耐的。凭了道德名教风化，或是更新式而有力量的名义，非加以制裁不可，至少这女人的名誉与品格总要[①]算是完全破坏的了。说大哥们不惜小子的性命也未免有点冤枉，他只是不能忍受别人在他们面前不守旧的羞耻，所以动起肝火来，而这在封建思想的那一纲上的确也有不[②]对，其动怒正与正统相合，这是无可疑的。他们的人数很多，威势也很不少，凡是封建思想与制度的馀孽都是一起，所以要反抗或无视他们须有勇敢，其次是理性。我们要知道这种守正全只是利己。中国过去都是专制时代，经文人们的尽力做到君权高于一切，曰臣罪当诛，天王圣明，曰君叫臣死，不得不死，父叫子亡，不得不亡，在那时候饶命要紧，明哲保身，或独善其身，自然也是无怪的，但总之不能算是好，也

【锺校】

①"要"原作"不"。

②"不"原作"要"。

不能说是利己或为我。黄式三《为我兼爱说》中云，无禄[1]于朝，遂视天下之尘沉鱼烂，即为我矣。在君主时代，这尚且不可，至少在于知识阶级，何况现今已是民国，还在《新青年》《新潮》乱嚷一起，有过新文化什么等等运动之后。现今的正人君子，在国土沦陷的期间，处世的方法不一，重要的还是或借祖宗亲戚之馀荫，住洋楼，打马将以遣日，或作交易生意，买空卖空，得利以度日。独善其身，在个人也就罢了，但如傅青主言何益于国家，以土车夫粪夫之工作与之相比，且将超出十百倍，此语虽似新奇，若令老百姓评较之，当不以为拟不于伦也。这样凭理性看去，其价值不过如此，若是叫天醉居士说来，没中用人活着亦不济事。从前读宋人笔记，说南宋初北方大饥，至于人相食，有山东登莱义民浮海南行，至临安犹持有人肉干为粮云，这段记事看了最初觉得恶心，后来又有点好笑。记得石天基的《笑得好》中有一则笑话，说孝子医父病，在门外乞丐的股上割了一块肉，还告诉他割股行孝不要乱嚷。此乃是自然的好安排，假如觉得恶心而不即转移，则真的就要呕吐出来

【锺校】

①“禄”原作“绿”。

了也。

上边的文章写的枝枝节节，不是一气写成的。近时正在看明季野史，看东厂的太监的[①]威胁以及读书人的颂扬奔走，有时手不能释卷，往往把时间耽误了。但是终于寻些闲空工夫，将这杂文拼凑成功，结束起来，这可以叫做《梦想之二》，因为我在前年写过一篇《梦想之一》，略谈伦理之自然化这问题，所以这可以算是第二篇。我很运气，有英国的老学者替我做枪手，有那则《感想录》做挡箭牌在那里，当可减少守正之士的好些攻击，因为这是外国人的话，虽然他在本国也还不是什么正统。蔼理斯说这话时是中华民八，我自己不安分的发议论也在民国七八年起头，想起来至今还无甚改变，可谓顽固，至少也是不识时务矣。

有时候努力学识时务，也省悟道，这何必呢，于自己毫无利益的。然而事实上总是改不[②]来。偶看佛经，见上面痛斥贪嗔痴，也警觉道，这可不是痴么？仔细一想的确是的，嗔也不是没有，不过还不多，痴则是无可抵赖的了。在《温陵外纪》中引有余永宁著

【锺校】

①“的”原作“或”。

②“不”原作“下”。

《李卓吾先生告文》云：

> 先生古之为己者也。为己之极，急于为人，为人之极，至于无己。则先生今者之为人之极者也。

案这几句话说得很好。凡是以思想问题受迫害的人大抵都如此，他岂真有惑世诬民的目的，只是自有所得，不忍独秘，思以利他，终乃至于虽损己而无怨。我们再来看傅青主，据戴廷栻给他做的《石道人传》中说，青主能预知事物，盖近于宿命通，下云："道人犹自谓闻道而苦于情重，岂真于情未有忘者耶，吾乌足以知之。"这两位老先生尚且不免，吾辈凡人自然更不必说了。廿七年冬曾写下几首打油诗，其一云：

> 禹迹寺前春草生，沈园遗迹欠分明。
> 偶然拄杖桥头望，流水斜阳太有情。

有友人见而和之，下联云："斜阳流水干卿事，信是人间太有情。"哀怜劝戒之意如见，我也很知感谢，但是没有办法。要看得深一点，那地中海沉船上的看护妇何尝不是痴。假如依照中国守正的规则，她既能够游水，只须静静的偷偷的溜下水去，渡到岸上去就得了，还管那小子们则甚，淹死还不是活该么。这在生物之生活原则上并没有错，但只能算是禽兽之道罢了，禽兽只有本能，没有情或痴。人知道己之外有人，而己亦在人中，乃有种种烦恼，有情有痴，不管是好是坏，总之是人所以异于禽兽者，我辈不能不感到珍重。佛教诃斥贪嗔痴，其实他自己何曾能独免，众生无边誓愿度的大愿正是极大的痴情，我们如能学得千百分之一正是光荣，虽然同时也是烦恼。这样想来也就觉得心平气和，不必徒然嗔怒，反正于事实无补，搁笔卷纸，收束此文，但第三次引起傅青主的话来，则又未免觉得怅然耳。

（民国乙酉，十一月七日，北平）

五十年前之杭州府狱

一八九六年，即前清光绪二十二年九月，先君去世，我才十二岁。其时祖父以事系杭州府狱，原有姨太太和小儿子随侍，那即是我的叔父，却比我只大得两三岁，这年他决定进学堂从军去，祖父便叫我去补他的缺，我遂于次年的正月到了杭州。我跟了祖父的姨太太住在花牌楼的寓里，这是墙门内一楼一底的房屋，楼上下都用板壁隔[①]开，作为两间，后面有一间披屋，用作厨房，一个小天井中间隔着竹笆，与东邻公分一半。姨太太住在楼上前间，靠窗东首有一张铺床，便是我的安歇处，后间楼梯口住着台州的老妈子。男仆阮元甫在楼下歇宿，他是专门伺候祖父的，一早出门去，给祖父预备早点，随即上市买菜，在狱

【锺校】

①“壁隔”二字，原窜入上文“祖父的姨太太”的“祖”字之后。

中小厨房里做好了之后，送一份到寓里来（寓中只管煮饭），等祖父吃过了午饭，他便又飘然出去上佑圣观坐茶馆，顺便买些什物，直到傍晚才回去备晚饭，上灯后回寓一径休息，这是他每日的刻板行事。他是一个很漂亮、能干而又很忠实的人，家在浙东海边，只可惜在祖父出狱以后一直不曾再见到他，也没有得到他的消息。

我在杭州的职务是每隔两三日去陪侍祖父一天之外，平日"自己用功"。楼下板桌上固然放着些经书，也有笔墨，三六九还要送什么起讲之类去给祖父批改，但是实在究竟用了些什么功，只有神仙知道。自己只记得看了些闲书，倒还有点意思，有石印《阅微草堂笔记》，小本《淞隐漫录》，一直后来还是不曾忘记。我去看祖父，最初自然是阮元甫带领的，后来认得路径了，就独自前去。走出墙门后往西去，有一条十字街，名叫塔儿头，虽是小街，却很有些店铺，似乎由此处往南，不久就是银元局，此后的道路有点儿麻糊了，但走到杭州府前总之并不远，也不难走。府署当然是朝南的，司狱署在其右首，即是西向。我在杭州住了两年，到那里总去过一百多次，可是这署门大堂的情形如何却都说不清了，只记得监狱部分，入门是一重铁栅门，我推门进去，门内坐着几个禁卒，因为是认识我的，所以什么也不问，我也一直没有打过招呼。拐过一个湾，又是一头普通的门，通常开着，里边是一个小院子，上首朝南大概即是狱神祠，我却未曾去看过，只顾往东边的小门进去，这里面便是祖父所住的小院落了。门内是一条长天井，南边是墙，北边是一排白木圆柱的栅栏，栅栏内有狭长的廊，廊下并排一列开着些木门，这都是一间间的监房。大概一排有四间吧，但那里只有西头一间里祖父住着，隔壁住了一个禁卒，名叫邹玉，是长厚的老头儿，其馀的都空着没有人住。房间四壁都用白木圆柱做成，向南一面，上半长短圆柱相间，留出空隙以通风日，用代窗牖，房屋宽可一丈半，深约二丈半，下铺地板，左边三分之二的地面用厚板铺成榻状，很大的一片，以供坐卧之用。祖父房间里的布置是对着门口放了一张板桌和椅，板台上靠北安置棕棚，上挂蚊帐，旁边放着衣箱。中间板桌对过的地方是几叠的书和零用什物，我的坐处便在这台上书堆与南“窗”之间。这几堆书中我记得有广百宋斋的《四史》，木板《纲鉴易知录》，《五种遗规》，《明季南略北略》，《明季稗史汇编》，《徐灵胎四种》，其中只有一卷道情可以懂得。我在那里坐上一日，除了偶尔遇见廊下炭炉上炖着的水开了，拿来给祖父冲茶，或是因为加添了我一个人用，便壶早满了，提出去往小天井的尽头倒在地上之外，总是坐着翻翻书看，颠来倒去的就是翻弄那些，只有《四史》不敢下手罢了。祖父有时也坐下看书，可是总是在室外走动的时候居多，我亦不知道是否在狱神祠中闲坐，总之出去时间很久，大概是在同禁卒们谈笑，或者还同强盗们谈谈。他平常很喜欢骂人，自呆皇帝昏太后（即是光绪和西太后）起头直骂到亲族中的后辈，但是我却不曾听见他骂过强盗或是牢头禁子。他常讲骂人的笑话，大半是他自己编造的，我还记得一则讲教师先生的苦况，云有人问西席，贵东家多有珍宝，先生谅必知其一二，答说我只知道有三件宝贝，是豆腐山一座，吐血鸡一只，能言牛一头。他并没有给富家坐过馆，所以不是自己的经验，这只是替别人不平而已。

杭州府狱中强盗等人的生活如何，我没有能看到，所以无可说，只是在室内时常可以听见脚镣声音，得以想像一二而已。有一回，听到很响亮的镣声，又有人高声念佛，向外边出去了。

不一会听禁卒们传说，这是台州的大盗，提出去处决，他们知道他的身世，个人性格，大概都了解他，刚才我所听得的这阵声响，似乎也使他们很感到一种伤感或是寂寞，这是一件事实，颇足以证明祖父骂人而不骂强盗或禁卒，虽然有点怪僻，却并不是没有道理了。在这两三年之后，我在故乡一个夏天乘早凉时上大街去，走到古轩亭口，即是后来清政府杀秋瑾女士的地方，店铺未开门，行人也还稀少，我见地上有两个覆卧的人，上边盖着破草席，只露出两只脚——可以想见上边是没有头的，此乃是强盗的脚，在清早处决的。我看这脚的后跟都是皴裂的，是一般老百姓的脚。我这时候就又记起台州大盗的事来。我有一个老友，是专攻伦理学，也就是所谓人生哲学的，他有一句诗云，盗贼渐可亲，上句却已不记得，觉得他的这种心情我可以了解得几分，实在是很可悲的。这所说的盗贼与《水浒传》里的不同，《水浒》的英雄们都是原来有饭吃的，他们爱搞那一套，乃是他们的事业，小小的做可以占得一个山寨，大大的则可以弄到一座江山，如刘季朱温都是一例。至于小盗贼只是饥寒交迫的老百姓铤而走险，他们搞的不是事业而是生活，结果这条路也走不下去，却被领到“清波门头”（这是说在杭州的话），简单地[①]解决了他的生活的困难。清末革命运动中，浙江曾经出了一个奇人，姓陶号焕卿，在民国初为人所暗杀了。据说他家

【锺校】

①“地”原作“而”。

在乡下本来开着一爿砖瓦铺，可是他专爱读书与运动革命，不会经管店务，连石灰中的梗灰与市灰的区别都不知道。他的父亲便问他说，你搞这什么革命为的是什么呢？他答说，为的要使得个个人有饭吃。他父亲听了这话，便不再叫他管店，由他去流浪做革命运动去了，曾对人家说明道，他要使得个个人都有饭吃，这个我怎么好阻挡他。这真是一个革命佳话，我想我的老友一定也有此种感想，只是有点趋于消极，所以我说很可悲的，不过如不消极，那或者于他又可能是有点可危的了。

我写这篇文章，本来很想记录一点事实出来，即使不足与方望溪的大文相比，也总要有点分量才行，及至写到这里，觉得实在空虚得很，说得最好也只写得一点儿空气，叫我自己看了也很失望。不过肚子里没有的东西，任是怎么努力，也还是没有法拿出来的，只能老实停止。从前却写有几首诗，约略讲这一段事情，现在抄在这里，作为充实资料，也算是有诗为证吧。诗题云“花牌楼”，共有三首：

往昔住杭州，吾怀花牌楼。
后对狗儿山，茕然一培塿。
出门向西行，是曰塔儿头。
不记售何物，市肆颇密稠。

陋屋仅一楹，寄居历两秋。
夜上楼头卧，壁虱满墙陬。
饱饲可免疫，日久不知愁。
楼下临窗读，北风冷飕飕。
夏日日苦长，饥肠转不休。
潜行入厨下，饭块恣意偷。
主妇故疑问，莫是猫儿不？
明日还如此，笑骂尽自由。
饿死事非小，嗟来何足羞。
冷饭有至味，舌本至今留。
五十年前事，思之多烦忧。

×

素衣出门去，踽踽何所之。
行过银元局，乃至司狱司。
狱吏各相识，出入无言词。
径至祖父室，起居呈文诗。
主人或不在，闲行狱神祠。
或与狱卒语，母鸡孵几儿。
温语教写读，野史任翻披。
十日二三去，朝出而暮归。
荏苒至除夕，侍食归去迟。
灯下才食毕，会值收封时。

再拜别祖父，径出圜木扉。
夜过塔儿头，举目情凄而。
登楼倚床坐，情景与昔违。
暗淡灯光里，遂与一岁辞。

×

我怀花牌楼，难忘诸妇女。
主妇有好友，东邻石家妇。
自言嫁山家，会逢老姑怒。
强分连理枝，卖与宁波贾。
后夫幸见怜，前夫情难负。
生作活切头[1]，无人知此苦。
佣妇有宋媪，一再丧其侣。
最后从轿夫，肩头肉成阜。
数月一来见，呐呐语不吐。
但言生意薄，各不能相顾。
隔壁姚氏妪，土著操杭语。
老年苦孤独，瘦影行踽踽。
留得干女儿，盈盈十四五。
家住清波门，随意自来去。

【原注】

① 民间称妇人再醮者为二婚头，若有夫尚存在者，俗称活切头。

天时入夏秋，恶疾猛如虎[1]。
婉娈杨三姑，一日归黄土。
主妇生北平，髫年侍祖父。
嫁得穷京官，庶几尚得所。
应是命不犹，适值暴风雨。
中年终下堂，漂泊不知处。
人生良大难，到处闻凄楚。
不暇哀前人，但为后人惧。

【原注】

① 霍乱，今讹称虎列拉。

红楼内外

读了荛公的《红楼一角》，觉得很有兴趣，因为所记的事有些也是我所亲自见闻的。我于民六到了北大，那正是文学革命与新文化运动的前夜，我出了课堂，却又进了办公室，当一名职员，与学生教员一直保持着接触，所以这以后的许多事情，如“五四”“六三”事件，八校教员索薪，以至“三一八”事件，我都在旁看着听着，如今事隔二十多年，虽然大半有点忘记了，但约略记得的也还不少。这回因了《红楼一角》的文章，引起了我的记忆，另碎的记了下来，聊以当豆棚瓜架下的消暑资料吧。

从卯字号说起

这里话得从卯字号说起，或者更在以前一点也说不定。民七以前，北大红楼正在建筑中，文理科都在马神庙的四公主府，而且那个迤东的大红门也还没有，只从后来所谓西斋的门出入。进门以后，往东一带若干间的平房，不知什么缘故普通叫做卯字号，民六时作为文科教员的预备室，一个人一间，许多名人每日都在这里聚集，如胡适博士、刘半农、钱玄同、朱希祖以及《红楼一角》中所说沈马诸公，——但其时实在还只有尹默与马裕藻而已，沈兼士在香山养病，马衡大概在上海，未曾进北大哩。卯字号的最有名的逸事，便是这里有过两个老兔子和三个小兔子。这件事说明了极是简单，因为文科有陈独秀与朱希祖是己卯年生的，又有三人则是辛卯年生，即是胡适之、刘半农、刘文典，在民六才只二十七岁，过了三十多年之后再提起来，陈朱刘（半农）已早归了道山，就是当时翩翩年少的胡君也已成了五十八岁的老博士了。

这五位卯年生的名人之中，在北大资格最老的要算朱希祖，他还是民初（是民国二年吧）进校的，别人都在蔡孑民先生长校之后，陈独秀大概还在民五冬天，其他则在民七了。朱先生是章太炎先生的弟子，在北大主讲中国文学史，但是他的海盐话很不好懂，在江浙学生还不妨事，有些北方人听到毕业也还是不明白。有一个同学说，他听讲文学史到了周朝，教师反复的说孔子是厌世思想的，心里很是奇怪，又看黑板上所写引用孔子的话，都是积极的，一点看不出厌世的痕迹，尤其觉得纳闷，如是过了好久，不知因了什么机会，忽然省悟所谓厌世思想，实在乃是说的现世思想，因为朱先生读“现”字不照国语发音如献，仍用方音读作艳，与厌字音很相近似了。但是北方学生很是老实，虽然听不懂他的说话，却很安分，不曾表示反对，那些出来和他为难的反而是南方尤其是浙江的学生，这也是一件很有趣的事。

在同班中有一位姓敷的。——这自然不是真姓，我们姑且以中国旧字母代之，他捣乱得顶利害，可是外面一点都看不出，大家还觉得他是用功安分的好学生。在他毕业了几年之后，才自己告诉我说，遇见讲义上有什么漏洞可指的时候，他并不开口，只写一小纸条搓团，丢给别的学生，让他起来说话，于是每星期几乎总有人对先生质问指摘。这已经闹得教员很窘了，末了不知怎么又有什么匿名信出现，作很恶毒的人身攻击，也不清楚这是什么人的主动。

学校方面终于弄得不能不问，把一位向来出头反对的姓心[①]的学生，在将要毕业的前几时除了名，而姓敷的仁兄安然毕业，成了文学士。这姓敷的是区区

【锺校】

①“心”原作“名”。

的同乡，而姓心的则是朱老夫子自己的同乡，都是浙江人，可以说是颇有意思的一段因缘。

林琴南的《蠡叟丛谈》

后来还有一回类似的事，在五四之前，大约是民七吧，文学革命运动渐渐的起劲，校内外都发生了相当的反应，校外的反对派代表是林琴南，他在《新申报》《公言报》上时常发表文章，肆行攻击，顶有名的是《新申报》上的《蠡叟丛谈》，本是假《聊斋》之流，没有什么价值，其中有一篇名叫《荆生》的寓言，是专门攻击陈独秀、胡适、钱玄同的，三人均有化名，钱玄同的金心异曾见于鲁迅的书札中，胡博士的狄莫——盖用《论语》无适也无莫也的典故，便不见有人提起，陈独秀则似名田必美，想起来也有点不大确实了。

法科学生张镠子喜欢谈京戏，常在《公言报》的报屁股上写些戏评杂志，有一时还曾经同《新青年》的同人讨论过旧戏，虽然双方意见极端相反，却也还没有发生什么冲突。

后来林琴南的攻势愈来愈加来得猛烈了，大有凭借了段祺瑞一派的势力来干涉北大的形势（那篇《荆生》里便很有明显的表示，这时候虽未动手，但在五四以后，陈独秀终于被迫辞了文科学长而去了)，张缪子也有在内策应之嫌疑，于是学校方面下了断然的处置，将他除名，也在毕业之前，与心君后先辉映，更没有第三人可与媲美，因为在蔡校长治下的北大是向来不大开除学生的。现在想起来，这两件似乎都是疑狱，那匿名文件是否心君所为恐怕并无充分证据，张君的内应也不见得真是那么严重，大概透露校内消息，给林琴南做点情报，也许有的，或者不值得那么看重，但是那时北大受着旧势力的袭击，在风雨漂摇之中，急谋自卫，不得不取这种处分，也是不足怪的事吧。

古今中外的蔡校长和辜鸿铭

蔡校长办学是主张兼容并包的，所以当时有些人给他一个四字的批语，叫作古今中外，这四个字虽然似乎散漫，但很足以表示他独有的自由思想的精神，在他以外没人赶得上，就是现今美国叔叔十分恭维的胡博士，也恐怕还要差一点儿吧。他所请的各教授中，第一个有特色的，大概中外一致的要推辜鸿铭了，他是福建的闽南人，他的母亲本是西洋人吧，所以生得一副深眼睛高鼻子的洋人相，头上一撮黄头毛，却编作一条小辫子，冬天穿枣红宁绸的大袖方马褂，上戴瓜皮小帽，不要说在民十年前后的北京，就是在前清时代，马路上遇见这样一位小城市里的华装教士似的人物，大家也不免要张大了眼睛看得出神的吧。尤其妙的是他那包车的车夫，不知是从哪里乡下去找了来的，也是一个背拖大辫子的汉子，正同课堂上的主人一样，他在红楼的大门外坐在车兜上等着，也不失为车夫队中一个特出的人物。辜鸿铭早年留学苏格兰，归国后有一时也是西装革履，显出是高等华人，可是后来却变得那一副怪相，嘴里也满口春秋大义，成了十足的保皇党了。他在北大教的是拉丁文等功课，不能发挥他的正统思想，可是他总随时随地想要找机会发泄。例如有一次北大开文科教授会，讨论功课，各人纷纷发言，蔡校长也站起来想要说话，辜鸿铭一眼看见，首先大声说道，现在请大家听校长的吩咐！这是他原来的语气，他的精神也就充分表现在里边了。

关于端先生

又有一次是五四运动时，六三以后，大概是民八的六月五日左右吧。北大教授在红楼第二层临街的一间教室里开临时会议，除应付事件外，有一件是挽留蔡校长，各人照例说了好些话，反正对于挽留是没有异议的，问题只怎么办，打电报呢，还是派代表南下。辜鸿铭也走上讲台，赞成挽留校长，却有他自己的特别理由。他说道，校长是我们学校的皇帝，所以非得挽留不可。《新青年》的反帝反封建的朋友们有好些都在座，但是因为他是赞成挽留蔡校长的，所以也没有人再来和他抬杠。可是后面的一个人出来说话，却无意中闹了一个大乱子，也是一件很好笑的事。这位理科教授姓端，是江苏人，本来能讲普通话，可是他一上讲台去，说了一大串叫人听了难懂，而且又非常难过的话。那时天气本是炎热，时在下午，又在高楼上一间房里，聚集了许多人，大家已经很是烦燥的了，这端先生的话虽是个个字可以听得清，可是几乎没有两个字以上连得起来的，只听他单调地断续地说道，我们、今天，今天、我们，北大、今天，北大、我们，如是者略约有两三分钟，不，或者简直只有半分钟也说不定，但是人们仿佛觉得已是很长久，在热闷的空气中，听了这单调的断续的单语，有如在头顶上滴着屋漏水，实在令人不容易忍受。大家正在焦燥，不知怎么办才好的时候，忽然教室的门开了一点，有人把刘半农叫了出去，不久就听得刘君在门外顿足大声骂道，"混账！"里边的人都愕然出惊，端先生以为是在骂他，也便匆匆地下了讲台，退回原位去了。

这样地会议就中途停顿，等到刘半农回来报告，才知道是怎么的一回事，这所骂的当然并不是端先生，却是法科学长王某，他的名字忘记了，仿佛其中有一个祖字。六三那一天，北京的中小学生都列队出来讲演，援助五四被捕的学生，北京政府便派军警把这些中小学生一队队的捉了来，都监禁在北大法科校舍内。各方面纷纷援助，赠送食物，北大方面略尽地主之谊，预备茶水食料之类，也就在法科支用了若干款项。这数目记不清了，大约也不大会多，或者是一二百元吧，北大教授会决定请学校核销此款，归入正式开支之内。可是法科学长不允许，于是事务员跑来找刘半农，因为他是教授会的干事负责人，刘君听了不禁发起火来，破口大喝一声，后来大概法科方面也得了着落，而在当时解决了端先生的纠纷，其功劳实在也是很大的。因为假如没有他这一来，会场里会得要发生很严重的结果。看那情[①]形，端先生暂时并无自动停止的意思，而这样的讲下去，听的人又忍受不了，立刻就得会有铤而走险的可能。刘文典也在场，据他日后对人说，其时倘若没有刘半农的那一喝，他

【锺校】

①“情”原作“时”。

就要奔上讲台去，先打一个耳光，随后再叩头谢罪，因为他再也忍受不下去了。

《新青年》与《国故》

北大文科教员中，有《新青年》《国故》新旧两派对立，这原是事实，但是对立着而并未正式开过火。《国故》以旧派学生为主体，办的也不很出色，教员中只有黄季刚在课堂内外对学生骂骂而已，向不执笔，刘申叔写些文章，也只谈旧学，却未骂人。《新青年》上写文章的都是教员，积极的取攻势，猛厉无比，刘半农复王敬轩书最为痛快，至于王敬轩原是社内“某君”的化名，后来也成为公开秘密了。“随感录”与“通信”也是一种匕首似的战斗文章，以钱玄同的为多，因为他的意见多以通信随感发表，不写正式文章，直到《语丝》时代这才以《废话》的题目写些小文，但实在也还是杂感的性质。“随感录”中又有一件逸事，不知道哪一期上登有一则署名“二十八画[①]生”，这是后来非常有名的人物，姓名暂不便发表，只是三个字总算起来是二十八笔，所以他用了这别号，至于内容则已忘记，大概很是平常，总

【锺校】

①“画”原作“书”。

之不是谈社会主义的。

这逸事恐怕知道的人不大多，我也还是在二十年前，偶然遇见疑古先生，听他谈起才知道的，他记得这一类的新掌故真多，可惜故去了，没有笔录一部分下来。《新青年》本来名叫《青年杂志》，是极平凡的一种学生读物，归陈独秀编辑后始改名，经胡博士从美国投稿帮忙，成为文学革命的先锋。民七时又由北大教员几个人每月捐出一点钱来，创办了《每周评论》，在五四时很发挥了些力量，但是不久给政府禁止了，只出了三十六期。其时陈独秀因为在市场发传单，早已拘禁在警厅，这周刊虽然由胡博士代任编辑，亦已成了强弩之末，停刊也觉得没有什么可惜了。胡博士向来写文章的态度很是严肃，不主张用别号，也不说游戏话或激烈一点的话。但是他代编的时期，他用过好几个别号，如 VQ 即 Quo Vadis 的缩写，写示你往何处去，为胡适二字的意译。又如“天风”，则不知道是什么用意，陈独秀的笔名是“只眼”，李守常的似是一个明字。独秀被捕后，《每周评论》随感录栏上有一则云，出研究室进监狱，出监狱进研究室，是学者的任务，这也是胡博士的手笔。这种文句在他平时著作中绝不容易找得出，所以不失为逸闻的好资料，上十四字确是原文如此，下一句有点儿模糊了。学生中间所办的新刊物则有《新潮》，是响应《新青年》的文学革命运动而起来的，由国文系傅某英文系罗某主持其事。傅本是黄季刚派的重要学生，这时来了一个两直角的转变，陈独秀当时便很有点怀疑，是不是那方面的第五纵队呢。那时候北大内有反朱案，馀波未了，外有林派的反动势力，形势未可乐观，这种疑虑实在也不是无理由的。这中间的事只是得诸传闻，大概由于胡博士的保驾，学校对于傅罗的计划加以赞可，为之垫款印刷发行，前后一共出了三期。上文所说的事情大抵至五四那一年为止，其时北大文科已经移在汉花园的新建宿舍内，就是世间所说的红楼，马神庙的校舍作为理科。校长办公处也在里边，卯字号也早已不存在，那一部分地方似乎改做了校医室，有一个时候又做过女生寄宿舍，与我们所讲的故事便没有什么关系了。

红楼中的名人

北大红楼中有不少的名人，许多逸事都有纪录的价值，如马裕藻、许之衡、林损、刘半农、钱玄同诸人都已去世，又事隔二三十年，现在谈谈似乎也不妨事了。但是他们都是我的前辈，随便谈讲他们的故事，虽然并不一定牵涉个人的私德，而且讲话的人也无故意毁谤的意思，总之逸事都不免有点滑稽味，那就含有小小不敬之意，不是后学所应当的，所以不能不从谨慎，只好选择无甚关系的事情纪述几则下来，真是所谓管中窥豹，略见一斑，一斑虽少，却总是豹的文采，或者也还值得一窥吧。

有一位明先生（也不是真姓，以旧式反切字母代之），是文科的老教授之一，为人很和蔼，有学问，只是有一种特殊的脾气，那便是所谓誉妻癖。本来在知识阶级中间这是很平常的事，居家相敬如宾，出外说到太太，总说自己不如，或是学问好，或是治家有方，有些人听了也不大以为然，但这毕竟与季常之癖稍有不同，所以并无什么可笑之处，至多是有点幽默味罢了。明先生有一时候曾在女师大兼课，上课时不知怎的说及那个问题，关于“内人”讲了些话，到了下星期的上课时间，有两个女学生提出请求道，“这一班还请老师给我们讲讲内人的事吧！”这很使得明先生有点为难，大概是嗨嗨一笑，翻开讲义夹来，模糊过去了吧。

这班学生里很出些人物，便是他对明先生开那玩笑的人也都是后来有名的，但是这些只好从略，此时不便发表了。

连类的想到了晓先生的故事。晓先生是专教词曲的教员，专门学问自然不错，可是打扮有点特别，模样是个老学究，却穿了一套西服，推光和尚头，脑门上留下手掌大的一片头发，状如桃子，长约四五分，不知是何取义。他在北大还好，可是到女子文理学院去兼课的时候，就可以想得到不免要受点窘了。其实那里的学生倒也并不怎么特别窘他，只是从上课的情形上可以看出他的一点窘状来而已。我有一个同学，在那里教国文，有一回叫学生作文，写教室里的印象，其中一篇写得颇妙，即是讲晓先生的，虽然不曾说出姓名来。她说有一位教师进来，身穿西服，光头，前面留着一个桃子，走上讲台，深深的一鞠躬，随后翻开书来讲。学生们有编织东西的，有看小说写信的，有三三两两低声说话的。起初说话的声音很低，可是逐渐响起来，教师的话有点不大听得出了，于是教师用力提高声音，于嗡嗡声的上面又零零落落的听到讲义里的词句，但这也是只是暂时的，因为学生的说话相应的也加响，又将教师的声音沉没到里边去了。这样一直到了下课的钟声响了，晓先生乃又深深的一躬，踱下了讲台，这事才告一段落。鲁迅的小说里有一篇《高老夫子》，说高尔础老夫子往女学校去上历史课，向讲台下一望，看见满屋子蓬蓬的头发，和许多鼻孔[1]与眼睛，使他大发生其恐慌，袁了凡《纲鉴》本来没有预备充分，因此更着了忙，匆匆的逃了出去。这位慕高尔基而改名的老夫子尚且不免如此慌张，别人自然也是一样，但是晓先生却还忍耐得住，所以教得下去，不过窘也总是难免的了。

不客气的林公铎

和上边两位先生相反的有一个林公铎，单名一个损字。他对人的态度是相当强韧（不是硬）的，其不客气的地方也实在可以佩服。有一回我跑到国文系去找主任说话，可是主任还没有来，只好在那里暂等，有一位姓甘的毕业生早已等着，此外则只有林先生，他是来上课的。甘君等久了觉得无味，便去同林先生搭讪说话，桌上适有一个北大三十几周年纪念册，拿起来说道，林先生看过这册子么，里边的文章怎么样？林先生微微摇头道，不通，不通。这已经够了，可是甘君还不肯甘休，翻开册内自己的一篇文章，指着说，林先生看我这篇怎样？林先生从容的笑道，亦不通，亦不通。（当时的确说“亦”不是说“也”的。）甘君名大文，本在中国大学读书，因听了胡博

【锺校】

① 原无“孔”字，今增。

士的讲演，转到北大哲学系来，能作几万言的洋洋大文，曾在孙伏园的《晨报副刊》上登载《陶渊明与托尔斯泰》一文，接续登了有两三个月之久，读者看了又头痛又佩服。甘君的应酬交际工夫十二分的绵密，许多教授都惶恐退避，可是他遇着了林公铎，也就一败涂地了。

论甘君的学力，教教书总是可以的，但他过于自信，其态度也颇强韧，所以终于失败。疑古先生曾经介绍他到师大去教“大一国文”，他的选本第一篇是韩愈的《进学解》，第二篇以下至于第末都是他自己的大作，学期末了学生便去要求主任把他撤换了。后来我到沙滩的一家公寓里去访报人刘少少，看见对门住着一位名叫乌英的秃顶怪老人，说是美国也到过，终日呜呜的念他自作的诗词，因为是台州口音，也听不懂是什么词句，只据刘少少说，见过他一首新词，却都是苏东坡的话，中间只有五个字不一样。俗语说，文章是自己的好，这也是人情之常，但如甘乌者则是极端的例，可以说是世间少有的了。

林公铎嗜酒，平常遇见总是脸红红的，讲学问写文章都不免有爱使气的地方。我在红楼常见着他，曾问他在北大外还有兼课么，答说在中国大学有两小时。什么课呢，说是唐诗。我又好奇追问道，林先生讲哪些人的诗呢？他的答复很出意外，他说是讲陶渊明。大家知道陶渊明与唐朝之间还整个的隔着一个（姑且说一个吧）南北朝，可是他就是那样的讲的。他算是北大老教授中旧派之一人，在民国二十年顷，北大改组时和许之衡一起被学校所辞退了。北大旧例，聘请教员头一年规定任期一年，算是试教，假如两方面都没有问题，第二学期便送来一个正式聘书，只简单的说聘为教授，并无年限及薪水数目，因为这聘任是无限期的，假如不因特别事故有一方面预先声明解约，这便永久有效。十八年以后始改为每年送聘书，如至本学期末不曾收到，那便算是解了聘，在学校方面生怕照从前的办法，有不合理的教授拿着无限期的聘书，学校要解约时硬不肯走，所以改用了这个方法。其实也不尽然，这原是在人不在办法，和平的人就是拿着无限期聘书，也会不则一声的走了，激烈的虽是期限已满，也还要争执，不肯罢休的。许之衡便是前者的例，林公铎则属于后者，他大写其抗议的文章，在《世界日报》上发表的致胡博士（其时为文学院长兼国文学系主任）的信中，有“遗①我一矢”之语，但是胡博士并不回答，所以这事也就不久平息了。

【锺校】

①“遗”原作“遣”。

钱玄同与刘半农

说起逸事来，当以钱玄同、刘半农二人为最多，但琐屑而近于笑话的也多不宜于纪录，现在且挑选两件事，都是关于鞋子的来一说吧。疑古先生的逸事是马九先生所常讲的，疑古也听着微笑，大概并非假作，不过多一点文饰当然也是有的。马九先生是马氏兄弟中最小的一个，专门研究明代小说，很有工夫，少时写有《劳久笔记》，讲小说戏曲的考据书中常有征引，云著者不详，其实这原只是老九二字的变化罢了。据说疑古先生有一天，大约还在民十以前吧，从什么地方以廉价买得一双夹鞋，说是枣红宁绸的，这自然是说话人的夸张，恐怕也就是黑色哔叽之类而已。及至拿回来一看，却是左右两只脚一样的，旧式鞋子本来都是如此，而这乃是原分左右，是认脚穿的，但如今却是两只一样，即是说两只鞋都是左脚，或者都是右脚的。我们推想这鞋不是从什么有招牌的店铺里买来的，所以疑古先生无法去退换。觉得很窘，这并不因了块把钞票的损失，那是小事，窘的是没法子处分这两只一样的鞋子。假如扔[1]在垃圾堆废

【锺校】

① "扔" 原作 "仍"。

纸篓里，也会有人发现，而且看了要发笑，不免传扬开去。情急计生，等到晚间，他拿起鞋子的纸包，出门雇了洋车走到市场，下车时故意将鞋包留在车上，心想溜走，不料这车夫是个规矩老实人，一眼看见了便即把他叫住，说先生你忘了东西了。疑古先生于是不得不哭丧着脸回转去，向车夫道了谢，仍将那鞋子带了回来。到了第二天清早，想出了更好的办法，他走到中央公园，花了五分钱门票，一径往公共厕所去，恰巧没有人，便赶紧将鞋包放将角落里，小偷似的（这是马九先生原来的口气）心惊胆战的踅了出来，一溜烟的从后门走出公园，奔回宿舍去了。

至于刘半农的事情，说来极其简单，并无这些曲折。在民国六七年顷，还只有二十七八岁，当然很是时髦的，平时衣着怎样大家当时看过也忘记了，只有一回，他打扮得有点特别，手里拿着一根长只二尺的短棍，脚上着了一双时式新鞋，材料不知道是什么东西，总是一种绸类吧，颜色很奇怪，仿佛是俗称霞色的有似出炉银而更浓厚，上边又有鱼鳞似的花纹模样。熟朋友嘲笑他，说他穿鱼皮鞋子，这事就成为故实，刘半农的“鱼皮鞋子”说起来大家多知道，不过这已经是三十年前的故事，刘博士于二十三年去世，这些事情以后也就少有人知道了。刘半农于那一年夏天往内蒙古一带调查语音，在蒙古包内被虱子咬了几口，竟得了回归热，回北平来医治。这回归热大概七天发一转，比“四日两头”的疟疾还要来得凶恶，其螺旋形的病菌却是同梅毒的是一类的，所以如用了六零六或九一四之类注射就可以治好。但是刘半农的病却有点担误了，即使病治好了，而血细胞太被破坏，心脏出了危险，也已不能挽救了。刘半农殁于廿三年七月，年四十八。钱玄同则于廿八年一月去世，年五十三岁，原因是脑溢血，旧称中风，今则一般称为脑冲血，却是新旧医学上所没有的名字。钱刘都很有风趣，又各具绝学，在北大中是很不易得的教授，他们的早死实在是学问上的一个大损失，我想同意的人一定也很不少，不单只是认识的人觉得如此吧。

戏曲与印度哲学

大学文学系里有戏曲的功课，始于北大，大概也是民六吧，当时文化界听了还议论纷然，记得上海的《时事新报》有过嘲骂的话，这还是在研究系参加文化运动之前，所以也是不足为怪的。最初的教员是吴梅，号瞿安，他回南京之后始推荐许之衡继任。吴瞿安很喜饮酒，不记得是哪一年，我在红楼上看见他，问他近来酒兴如何，他说因为有病，听医生劝告，不喝酒了，可是晚上不喝便睡不着，所以还喝一点。我问喝多少呢，他笑嘻嘻的笑道，不过就是一斤。这话说得很有点幽默，可是他的意见与思想却是很正经的，虽然所教的功课是戏曲。后来见到卢冀野所编《清都散客二种》，有吴瞿安的跋语，硬拉六一居士做陪客，说赵梦白的有些散曲小令是人家伪托的，其实这真是赵忠毅公有魄力有情性的所在，也是那集子[①]里极有意思的几篇作品。

哲学系里也有一门新功课，即是印度哲学史，讲的是婆罗门及外道六师的哲学，大约也颇为正统派佛教徒所不满，教师是许丹，字季上，所编讲义很古雅可诵。蔡校长最初想请万慧法师来教，他是谢无量的兄弟，出家为僧，在印度留学，但是他回信谢绝了，不愿意回来，所以改请了许季上。许君教了一两年，也坚决的辞职了，理由是依照佛法不能以道法卖钱，他是佛教密宗的信徒，所以我们怀疑他所说的理由只是一半，还有一半恐怕也是因为不愿意讲外道的学问的缘故吧。后任的教师是梁漱溟，他讲印度哲学不记得多久，但也随即变向，由佛教转入儒教，有名的著书《东西文化及其哲学》即是在北大讲学的一部分结

【锺校】

①“那集子”原作“集子那”。

果。梁君现尚健在，不宜随便评论他，这里所说只以校事为限。总之印度哲学在北大的运气不大好，不能得到专家予以介绍发挥，近来吴晓铃、金克木诸君听说从印度回来，不知对于此事有无兴趣，或者能介绍印度哲学文学进来，总之是颇有希望的事吧。

张竞生博士

北大教员中有一个人，我们总不宜忽略不提的，那便是张竞生博士。他在社会上批评现在不管是如何，总之在北大讲“美的生活”的时候，他的态度是诚实的，所主张的话也多合理，虽然不免有好些浪漫的地方。他的《性史》第一集，在出版以前曾经同我谈及，印成后送给我一册，这是原版初印的真本，以后在上海续出的各集真假如何，不曾研究，也没有见到，所以无从说起，大概更是每况愈下了。《性史》第一集不能说写得好，只是当初本意原是不坏的。英国人的《性心理研究》七册中，常常附有调查来的各人性史，男女都有，长短详略不同，却都是诚实的报告，也是一种很有价值的研究资料。张君自己谈的原意即是想照样的来一下，所以我说这本不坏。不过写的人太不高明了，这里边有没有张君的大作我不知道，总之如看过《性心理研究》上的记录的人总不应当那么乱写，特别是小江平那么的描写，平白地把“性史”的名字糟塌了，实在是可惜的事。张君自己的文章，到了上海以后也就随之而下落，所广告的《第三种水》不知真出版了没有，单就他所说的话看来，就够荒唐无稽了，只要查考英蔼理斯，以及奥大利勃劳厄耳，荷兰凡特威耳台诸人的书，并无所谓第三种水那么样的东西。这真可以算是张君独自的发明，却未免有卖野人头的嫌疑，一时满天下（说得夸大一点，实在只是说全国而已）读者上了他的当，被他暗笑为阿木林，可以说是很大的一个恶作剧。它的影响至今还普遍存在，《子曰》上讲西北的文章里说起，还使得姓水的“水先生”很受其窘，真是池鱼之殃，张君原来也是预料不到的吧。人们对于性生活感到好奇，也是人情之常，要想知道，不难从正当书籍上去觅取，多少年前有北新出版的一本朗医生的书，说得好，书名及译者姓名都已忘却，现在事隔二十馀年，也不知道绝版了没有。

五四与三一八

当作《红楼内外》的续稿，我们这里来讲另外一件更为严肃的事，这便[1]是关于北大教授中几个人的

【锺校】

①“便”原作“才”。

死。说起发源于北大的新文化运动，即是中国知识阶级的斗争史来，实在是很可悲的。这有如一座小山，北面的山坡很短，一下子就到了山顶，这算甲点，从甲点至乙点是小小一片平地，南边乙点以下则是下山的路，大约很陡，底下是什么地方还没有人知道。假如是五十岁的人，从二十岁时即民国七八年起，留心看下来，到了现时来总结一下，一定都有同感，觉得这其间的知识阶级运动的兴衰史的书页是很暗淡的——自然，这是中国现代全面史的一页，其暗淡或者不足为奇，不过这总是可悲的一件事。如前文所述我于民初就在北大，所见所闻很是不少，但说来似乎矛盾，因此也就记得很少了。就所记忆的说来，我觉得"五四"与"三一八"这两件是顶重大的事，就是刚才所说的那甲点与乙点。

五四的意义是很容易明白的。如说远因，自东汉南宋的太学生，以及明末的东林，清末的公车上书等，都有关系，但在民国实在酝酿并不久，积蓄也并不深，却是一飞冲天，达到了学生运动的顶点，其成功的迅速是可惊异的。可是好景不长，转瞬过了七年，就到了下坡的乙点，民国十五年三月十八日在执政府门前死的那些男女学生和工人市民，都当了牺牲品，纪念这大转变的开始。我真觉得奇怪，为什么世间对于三一八的事件后来总是那么冷淡或是健忘，这事虽然出在北京一隅，但其意义却是极其重大的，因为正如五四是代表了知识阶级对于北京政府进攻的成功，三一八乃是代表北京政府对于知识阶级以及人民的反攻的开始，而这反攻却比当初进攻更为猛烈，持久，它的影响说起来真是更仆难尽。我这里并不要谈过去三十年的事情，只因要说北大几个教授之死，不得不附带的说明几句，因为他们正是死于三一八以后政府的反攻中间，以政治关系而被害的。

在三一八那年之前，学生和[①]教授在社会上似乎保有一种权威和地位，虽然政府讨厌他们，但不敢轻易动手，只有民八陈独秀因为在市场发传单，被警厅捉去关了几个月，民七教员索薪代表马叙伦、沈士远等在总统府门外被军警打伤，结果北京政府也抵赖，硬说是自己碰伤，和解了事。及至三一八那时，执政府卫队公然对了学生群众开排枪，这情形就不同[②]了。对知识阶级的恐怖时代可以说就此开始了。到了第二年里，北大的教授就有两个人遭了毒手，这即是李守常与高仁山。

【锺校】

①“和”原作“当”。

②“同”原作“问”。

图书馆长李守常

李守常原任北大图书馆长，在他的属下出过几个名人，助理有张申府（嵩年），书记里有以办副刊成名的孙伏园（福源）。他在校本来也兼教功课，可是在北伐的前几时，他隐藏了起来专在做党的地下工作了，虽然在三一八那天，还有人看见他也在执政府的人群中间。民国十六年四月六日，张作霖已经做了大元帅，与东交民巷的公使团联络，突然派军警查抄俄国大使馆，捉去党务人员十九名，不久便把主要的五个人处了绞刑，李君之外只记得有路友于、张挹兰二人。张系北大女生，她担任国民党部的妇女部长，本系女师大的某君（姓名从略）所担任，后来离开北京，乃由她继任，没有多久便殉了难。她的兄弟也是北大出身，曾译有英国吉卜林的小说，我也是认识的。我听说她遇难之后老母非常哀伤，我每看见张君，常觉得难过，想安慰一两句话，可是想不出话来，觉得还不如不说好，所以始终不曾提及一个字，虽然在那一年内遇见的次数并不少。这事件的内情如何，我们局外人不能详知，可以知道的部分当时新闻上多已报道过，不用重说，也实在记不清楚了。现在所要讲的只是附属一点小事情，知道的人却并不多，所以够得上说真是逸事，虽然我原来也是听来的。告诉我这故事里的人是我长辈，他的话是靠得住的，至少像我觉得自己的话的可靠一样。他本来别有名字，但在北大一小部同人中通称他为方六[①]，所以这里便这样的写了。

从四月六日说起[②]

这事就是从四月六日说起。当天是星期日，北大有几教授约好了往海甸去玩一天，同去的有明君、审君、方六，一共五六人吧，其中也有金心异，或者还有刘半农。审君有一位哥哥，我们姑称之为审甲，在燕京大学教书，大家就跑到那里去，吃过中饭后，谈到傍晚方散，赶回城里来。李君的大儿子，假设名为羽英，恰巧与这班教员的儿子们都是中学同学，所以他们也约会了去玩，当晚他一个人不曾进城，便寄宿在审甲的家里。到了第二天早晨，大家打开报纸来看时，大吃一惊，原来李君一行人正于那个星期日被捕

【锺校】

①“方六”即周作人。

② 1968年1月香港《大华》杂志第41期《周作人笔下的李大钊被杀后儿女动态》一文曾转载本节并对其中所用化名解释如下：明君是马裕藻，即马衡之兄；审君是沈尹默；金心异是钱玄同；审甲即沈士远，是沈尹默的哥哥；李君指李大钊（守常）；羽英即李葆华，是李大钊的儿子；赵夫人是赵纫兰，李大钊的夫人；辰英等即李星华、李炎华，是李大钊的女儿；喜英即李欣华，是李大钊的小儿子。

了。审君赶紧打电话给他哥哥，叫他暂留羽英住在燕大，以避追捕。北京官方查问家属，只找到李君的赵夫人，羽英的妹子辰英等二人，小兄弟才几岁而已，都与党事没有什么关系。这样的过了几天，审君觉得羽英留在海甸也不是好办法，因为燕大的南门外就是侦缉分队，未免多危险，于是打电话给方六，叫他到燕大去上课的时候顺便带他进城来，留在方家暂住，那里比较的偏僻安稳点。

方君就这样的办了，叫他住在里院东边的屋内，那间屋空着，在那时节曾经前后住过好些避难的人。方君将这事由电话告知了审君，彼此刚放了心的时候，想不到次日就会得遇见极棘手的困难问题的。

据方君告诉我，他往燕大上课去的那天大概是星期五，那么应当是四月十一吧，但是假如这不是星期五而是星期二，则须得延四天下去，这的确的日子有点不容易说定，总之是在那一天的次日，见到报纸，一眼就瞥见李君几个人的相片，原来他们都已于前一天里执行死刑了。方君这时候的狼狈是可以想像得来的。叫不叫羽英知道，怎么能够叫他不知道？这是不可能的，那么要告诉他又怎么说？他急忙打电话给审君，审君立即同了明君立即赶了来。审君在朋友中最有智谋，刘半农曾戏称[①]他为鬼谷子的，他想了一想，便说这事非告诉他不可，让我来同他说吧。羽英正在里院同小[②]孩们闲玩，被叫到书房里来之后，审君郑重其事的开始[③]说话，说你老太爷投身革命运动，为中国人民谋福利，其为主义而牺牲自己，原是预先觉悟的事，这次被反动政府所捕，本是凶多吉少，现今如此情形，你也不必过于悲伤，还是努力前进，继承遗志云云。羽英听着，从头至末一声不响，颜[④]色也并不变，走了只嗯嗯的答应了几声，拿起桌上的报纸来，把记事和照相仔细看了，很镇静的退了出去，仍到后院同小朋友们去玩去了。鬼谷子的说话当初很费了一番安排，可是在他面前却失了效果，也觉得是出于意外的事。据方君说，在北大所见师生中，这样沉毅的人不曾多见，连他在内只可说见过两个罢了。过了两三个月，审君设法送羽英东京去留学，用他姨夫的姓氏[⑤]为杨，考进在高等师范读书，但是到了民国二十年，九一八事件发生，他也跟了几个旧中学同学

【锺校】

① 原无“称”字，今增。

② “小”原作“少”。

③ 原无“始”字，今增。

④ “颜”原作“顾”。

⑤ “氏”原作“名”。

一起归国，以后不曾再遇见他，虽然他的小兄弟喜英直至民国三十一二年顷我还是见到他的。李君故后，停棺地安门外西皇城根嘉兴寺，至民国二十二三年左右，国民党故友寄赠一千元去为安葬之费，另外又捐集了若干，遂下葬于西山万安公墓，后来赵夫人去世，也合葬在那里。遗文散见于各杂志报章，后由其族侄为之搜集，编为四卷，历兵火盗贼之劫，未曾毁失，将来或有出版的希望亦未可知云。

高仁山其人

关于高仁山的事，我知道得不多。最初在北大出版的刊物上，大概是《史学季刊》吧，看到有一篇介绍美国人房龙所著《人类的故事》的文章，觉得很有[①]意思，署名高宝寿，这是我知道他的第一次。后来我在孔德中学教国文，高君以北大教育系教授的资格，来担任中学的指导工作，于开会时见过几次，也记不得是哪一年的事情了。三一八之后，北大教授星散，多数南行，只剩若干肯冒点险的留在北京，高君也是其一，听说也是在做党务地下工作。大概也是在李君遇难的那一年，他终于被张作霖的部下所逮捕，关了

【锺校】

① 原无“有”字，今增。

不少日子，有一时传说有什么人疏通的关系，可以没有什么事。忽然有一天，内人往东城买东西去，回家时慌张的说道，高仁山先生不行了！据说她在路上看见有一队军警簇拥着一辆大车往南去，知道是送往天桥去的，及至看大车上面却见高仁山一人端然坐着，记得那时内人说，高君戴着一顶皮帽子，那么这当是民国十六年的冬天或十七年的春天吧。大概这时候北伐军节节胜利，张大帅的形势日非，所以老羞成怒，便又把高君杀害，聊以出他一口心头的闷气，也未可知。除了袁世凯末期之外，这样的杀戮知识阶级特别是教员，就是在北京政府近十年间（民五至十五）也是没有的，自从三一八动了手之后，学生既然整批的被邀①击，教员也陆续的捉去杀害，孙传芳在上海也大开其刀，这事在南方人士自然都还清楚记得。所以我说三一八的意义很大，古人云，履霜坚冰至，三一八正是冬初的严霜，而李高二君则成了以后众多牺牲之先驱，此所以值得纪念，初不仅为他们个人的关系也。

黄晦闻与孟心史之死

末了我们再来讲两个人，他们并不是为政治而牺

【锺校】

①“邀”原作“概”。

牲，但是尽心于教育，也是可以令人佩服的。照年月不照年岁来讲，其一是北大中国文学系教授黄晦闻。前清光绪年间，上海出版《国粹学报》，黄节的名字同邓实（秋枚）、刘师培（申叔）、马叙伦（夷初）等常常出现，跟了黄梨洲、吕晚村的路线，以复古来讲革命，灌输民族思想，在知识阶级间很有些势力。及至民国成立之后，虽然他是革命老同志，在国民党中不乏有力的朋友，可是他只做了一回广东教育厅长，以后就回到北大来教他的书，不复再出。北伐成功以来，所谓吃五四饭的飞黄腾达起来，都做了新官僚，黄君是老辈却那样的退隐下来，岂不正是落伍之尤。但是黄君是自有见地，他平常愤世疾俗，觉得现时很像明季，为人写字常钤一印章，文曰“如此江山”。又于民国廿三年秋季在北大讲顾亭林诗，感念往昔，常对诸生慨然言之。次年一月廿四日病卒，所注亭林诗终未完成，所作诗集曰《蒹葭楼诗》，曾见有仿宋铅印本，番禺汪氏为之出资印行者，今不知市上有之否。(《书房一角》中云，晦闻卒，余撰[1]一挽联曰，如此江山，渐将日暮途穷，不堪追忆索常侍；

【锺校】

① “撰”原作“选”。

及今归去，等是风流云散，差幸免作顾[1]亭林。附以小注云，近来先生常用一印云，如此江山，又在北京大学讲亭林诗，感念古昔，常对诸生慨然言之。）

其二是史学系的孟心史。孟君在北大教书多年，兼任研究所工作，著书甚多，但是我所最记得最喜欢读的[2]，还是民国五六年顷所出的《心史丛刊》，共有三集，搜集另碎材料，贯串成为一篇，对于史事既多所发明，亦殊有趣味。其记清代科场案，多有感慨语，如云："凡汲引人材，从古无以刀锯斧钺随其后者。至清代乃兴科场大案，草菅人命，无非重加其罔民之力，束缚而驰骤之。"又云："汉人陷溺于科举至深且酷，不惜借满人屠戮同胞，以泄多数侥幸未遂之人年年被摈之愤，此所谓天下英雄入我彀中者也。"孟君耄年宿学，而其意见明达，前后不变，往往出后辈贤达之上，可谓难得矣。廿六年华北沦陷，孟君仍留北平，至冬卧病入协和医院，十一月中我曾去访问他一次，给我看日记中有好些感愤的诗，至次年一月十四日乃归道山，年七十二。三月十三日开追悼会于城外法源寺，到者可二十人，大抵皆是北大同人，别

【锺校】

①"顾"原作"颜"。

②此处原衍"的"字，已删。

无仪式，只默默行礼而已。我曾撰了一副挽联，文曰，“野记偏多言外意，新诗应有井中函”，因字数太少不好写，又找不到人代写，亦不果用。这里所说黄孟二君，比起上边李高二君来显得质朴无华，似乎要差一筹了，其实也不尽然，这只是情形不同罢了。其坚守岗位而死，这一点却是没有多大差别的。中国新文化与学术之没有成绩与进步，其原因固然很多，但是从事于此的太不专心亦是其一。做官去的人不必说了，有些人就是不求富贵也求安乐，向着生活比较舒服处去，向着靠近家乡处去，向着少危险处去，这虽不能说是怎么不好，但是这样的移动下去，就影响到事业不能专一，这并不是一件什么微小的毛病。这样看起来，像黄孟二君的事，虽然看去似乎平常，却实在也是很有重大的意义的。如要吹毛求疵的来说，则为了教育与学校去牺牲自己的幸福，纵说是难能可贵，也只是为了知识阶级，换句话说就是士大夫阶级的利益，于民众并无多大好处，所以亦无足取，话虽说得苛刻，细想起来也或不无理由，那么应当后悔的人正是不少，即如我辈亦当知所警惕吧。

谈文章

前几时我在一篇文章里曾经这样说："我不懂文学，但知道文章的好坏。"这句话看来难免有点夸大狂妄，实在也未必然，我所说的本是实话，只是少见婉曲，所以觉得似乎不大客气罢了。不佞束发受书于今已四十年，经过这么长的岁月，活孙种树似的搬弄这些鸟线装书，假如还不能辨别得一点好坏，岂不是太可怜了么？古董店里当徒弟，过了三四年也该懂得一个大概，不致于把花石雕成的光头人像看作玉佛了吧，可是我们的学习却要花上十倍的工夫，真是抱愧之至。我说知道文章的好坏，仔细想来实在还是感慨系之矣。

文章这件古董会得看了，可是对于自己的做文章别无好处，不，有时不但无益而且反会有害。看了好文章，觉得不容易做，这自然也是一个理由，不过并不重大，因为我们本来不大有这种野心，想拿了自己的东西去和前人比美的。理由倒是在看了坏文章，觉得很容易做成这个样子，想起来实在令人扫兴。虽然前车既覆来轸方遒，在世间原是常有的事，比美比不过，就同你比丑，此丑文之所以不绝迹于世也。但是这也是一种豪杰之士所为，若是平常人未必有如此热心，自然多废然而返了。譬如泰西豪杰以该撒威廉为理想，我也不必再加臧否，只看照相上鼓目裂嘴的样子便不大喜欢，假如做豪杰必须做出那副嘴脸，那么我就有点不愿意做，还是仍旧当个小百姓好，虽然明知生活要吃苦，说也不难看，盖有大志而显丑态或者尚可补偿，凡人则不值得如此也。

做文章最容易犯的毛病其一便是作态，犯时文章就坏了。我看有些文章本来并不坏的，他有意思要说，有词句足用，原可好好的写出来，不过这里却有一个难关。文章是个人所写，对手却是多数人，所以这与演说相近，而演说更与做戏相差不远。演说者有话想说服大众，然而也容易反为大众所支配，有一句话或一举动被听众所赏识，常不免无意识的重演，如拍桌说大家应当冲锋，得到鼓掌与喝采，下面便怒吼说大家不可不冲锋不能不冲锋，拍桌使玻璃杯都蹦跳了。这样，引导听众的演说与娱乐观众的做戏实在已没有多大区别。我是不懂戏文的，但听人家说好的戏子也并不是这样演法，他有自己的规矩，不肯轻易屈己从人。小时候听长辈谈故乡的一个戏子的轶事，他把徒弟教成功了，叫他上台去演戏的时候，吩咐道：你自己演唱要紧，戏台下鼻孔像烟通似的那班家伙你千万不要去理他。乡间戏子有这样见识，可见他对于自己的技术确有自信，贤于一般的政客文人矣。我读古今文章，往往看出破绽，这便是说同演说家一样，仿佛听他榨扁了嗓子在吼叫了，在拍桌了，在努目厉齿了，种种怪相都从纸上露出来，有如圆光似的，所不同者我并不要念咒画符，只须揭开书本子来就成了。文人在书房里写文章，心目却全注在看官身上，结果写出来的尽管应有尽有，却只缺少其所本有耳。这里只抽象的说，我却见过好些实例，触目惊心，深觉得文章不好写，一不小心便会现出丑态来，即使别无卑鄙的用意，也是[①]很不好看。我们自己可以试验了看，如有几个朋友谈天，谈到兴高彩烈的时候各人都容易乘兴而言，即不失言也常要口气加重致超过原意之上，此种经验人人可有，移在文章上便使作者本意迷胡，若再有趋避的意识那就成为丑态，虽然迹甚隐微，但在略识古董的伙计看去则固显然可知也。往

【锺校】

①“是”原作“说”。

往有举世推尊的文章我看了胸中作恶，如古代的韩退之即其一也。因有前车之鉴，使我更觉文章不容易写，但此事于我总是一个好教训，实际亦有不少好处耳。

（乙酉六月）

关于“覆瓿”

高先生写信叫我给《覆瓿》月刊写文章，我很抱歉，因为没有什么话可说，未能应命。但是，觉得这覆瓿的名字很有意思，我们上了年岁的人多少不免有点历史癖，想到那《汉书》上的典故，引出一番话来，这叫无话找话，在我算是聊以塞责，但是在古文作法上恐怕是有什么名号的，不过现在记不起来，反正没有关系，也只索罢了。

据说扬雄在写《太玄经》和《法言》，刘歆对他说，现今读书人懂得什么易和玄，你的著作只好给人拿去覆酱瓿吧。这件故事几乎妇孺皆知，不必再加说明，但是我觉得特别有兴趣，就因为其中有这几个问题。其一，这瓿是什么？我查字书，书上引了《宣和博古图》，画作敛口大腹的罐似的东西，我才了解，也算是放了心，原来这不是花盆样子的大口的瓦器，要不然，口那么大了，怎么覆法呢。字典说，瓿，唐韵蒲口切，我想这大约与俗语的篰和甏是同类的形状，篰[①]用竹制，甏则烧土而成，或者即是瓿的后身亦未可知。

其次，这覆瓿的书是怎么样的呢？古代的书据说是用竹木简的，至今尚称简策，书名有《竹书纪年》，在罗振玉所印的《流沙坠简》中，还有些汉代木简的照片，“春君长毋相忘”的一片恐怕还有许多人记得，琉璃厂南纸店里也有铜镇纸，刻着这两行隶书。可是，一串串的竹简，这简直没法拿去盖酱瓿，无论瓿的口怎么小。再说，书卷后来是用布或纸所写，卷成一卷，仿佛同画相似，有谓缥帙即是月白布的袋，所谓牙签是写书名挂着的象牙牌。那么这一卷卷的东西，似乎也不能比竹木片更适用，盖在瓿上反正都是通空气，而且还可以让小虫子自由出入的。假如不把这一卷子抖开了，从新叠作方块，无论如何不能合用。我却相信刘歆[②]他们不见得有闲工夫来这样做，所以我颇怀疑那时的书也有书本式的，看得不中意时这才可以顺手搁在酱瓿或酒瓮上权当盖子用，至于书本式的是什么样子，那我还不能知道。折叠本至今俗

【锺校】

① “篰”原作“簿”。

② 此处原衍“把”字，已删。

称经折，似乎起源于佛经，线装大约更要迟了，我不能说在西汉末就有这两种装法，但总之如不是书本，这酱瓿[1]便不大好覆，所以姑如此说，如有错误，伫候明教。

扬子云的三部著[2]作趁这机会拿出来一看。《太玄经》压根儿一点都不懂，《法言》大部分可懂，二者虽都是模拟之作，《法言》较好，我看要胜过《文中子》，因为他还不很像《论语》，盖因尚有雕虫篆刻之馀习在也。《方言》乃是他的杰作，他想到收集别国方言，其解释又不单以《尔雅》为依据，这两点至少都是他的特色。可怜后世人记方言者无一不紧抱[3]《尔雅》《说文》，自毛奇龄的《越语肯綮录》至陈训正的《甬句方言塍记》（几位释[4]《方言》的自更不必说了）全是如此，可见祖师究竟不同，非后世徒弟们所能及。《太玄》《法言》可覆酱瓿，《方言》十三篇应当免议，今后如有实心记录方言者，还该以扬君为法，清儒小学虽好，于此一门全无是处也。

【锺校】

① “这酱瓿”上原衍“或”字，已删。

② 原无“著”字，今增。

③ 此处原衍“信”字，已删。

④ “释”原作“读”。

日本管窥之四

从前为《国闻周报》写过三篇《日本管窥》，曾答应王芸生先生说，末了还有一篇其四。可是一搁就是一年半，不曾交卷，愈搁愈不好办，到得现在虽想决心清理，这本卷子却无从下笔，着实感到为难。这缘故自然一半在于我自己的懒惰，一半也总为题目的难做。本来只要熟读了《东莱博议》，天下没有不好做的文章，其诀窍便是趋与避耳，趋即投机，应该怎么说的就怎么说，避即忌讳，不应该说的就不说是也。不佞未尝不读过《博议》，而且也做过管仲或汉高祖论，可以随意褒贬[1]，不过这是三十年前的事了，近来更是思想顽固，不大会得通融，所以写出文章来总难合式。我曾经说过，抗日时或者觉得未免亲日，不抗日时又似乎有点不够客气，这回又特别"烦恼自

【锺校】

①"贬"原作"眨"。

取”，想来谈日本的别一方面，其写得不好更是活该矣。其实自己知道不容易谈的东西原可干脆的不必谈，这道理我也明白，但是我们平常多只注意于所谓文化，所见的往往偏于盾的一面，今为补足起见自不能不来谈一下，若其事倍功半，即俗语云吃力不讨好，则本来是早就知道者也。

去年八月间我写《与友人谈日本文化书之二》，其中有这几句话：

> 据我想一个民族的代表可以有两种，一是政治军事方面的所谓英雄，一是艺文学术方面的贤哲。此二者原来都是人生活动的一面，但趋向并不相同，有时常至背驰，所以我们只能分别观之，不当轻易根据其一以抹杀其二。如有人因为喜爱日本的文明，觉得他一切都好，对于其丑恶面也加以回护，又或因为憎恶暴力的关系，翻过来打倒一切，以为日本无文化，这都是同样的错误。

那么现在的意思差不多就是暂时离开了艺文学术方面来谈谈日本。贤哲们还不大配得高攀，不过懂总是可以懂得一点，至于英雄更是隔教，怎么谈得呢？其实英雄即流氓耳，有些大流氓会成得大事，如朱元璋与德川家康，却是不可多得，普通的小英雄也就很是寻常，随时可以遇见，其成绩亦不过码头上拆梢之类，但在国际则是当然的罢了。我们平日讲文化的虽然看不起他们，实际上仍是身受其害，不容得我们不注意他，今天破费点工夫来说几句话，关于日本现代的英雄事业，虽然不能说得明白，略为表示一点意见，也总是应当的罢。

日本对于中国所取的态度本来是很明了的，中国称曰帝国主义，日本称曰大陆政策，结果原是一样东西，再用不着什么争论，这里我觉得可谈的只有一个问题，便是日本为什么要这样做。这句话有点说的不大明白，这问题所在不是目的而是手段，本来对中国的帝国主义不只一个日本，为主义也原可不择手段，而日本的手段却特别来得特别，究竟是什么缘故？这就是我所说的问题。我老实说，我不能懂，虽然我找出这个问题，预备这篇文章，结果我只怕就是说明不懂的理由而已。近几年来我心中老是怀着一个大的疑情，即是关于日本民族的矛盾现象的，至今还不能得到解答。日本人最爱美，这在文学艺术以及衣食住的形式上都可看出，不知道为什么在对中国的行动显得那么不怕丑。日本人又是很巧的，工艺美术都可作证，行动上却又那么拙，日本人喜洁净，到处澡堂为别国所无，但行动上又是那么脏，有时候卑劣得叫人恶心，这真是天下的大奇事，差不多可以说是奇迹。我们且具体的举例来说吧。

其一，藏本事件。大前年夏天我往东京去玩，在日华俱乐部遇见好些实业家和军人，我提起藏本失踪的事来，一位中将答说：说起来实在惭愧。可惜当时的日本报纸和通讯社所发表的文章都散失了，如有人编辑为一书，倒是很有意义的事。

其二，河北自治事件。不知那里雇来的老头儿坐了破汽车到官所请愿说要自治，有日本友人对了来游历的参谋本部的军官谈及，说这种做法太拙太腌臜了，军官也不赞成，问你们参谋本部不是与闻的么？他笑而不答。个人尽不以为然的，但事情总是那么实现着。

其三，成都、北海、上海、汕头诸事件。

其四，走私事件，日本称之曰特殊贸易，如此名词颇有幽默味。但只宜用作江湖上的切口耳，非国家所可用也。

其五，白面事件。我曾说过，日本人的爱国平常以只限于对外打仗，此外国家的名誉仿佛不甚爱惜，这于贩毒可以得到证明。《管窥之一》中云：

> 说毒化政策这倒未必然，大约只是容许侨民多赚一点钱吧。本来为富不仁，何况国际，如英

国那样商业的国家倘若决心以卖雅片为业，便不惜与别国开战以达目的，这倒也言之成理。日本并不做这生意，何苦来呢。商人赚上十万八万，并不怎么了不得，却让北平或他处的人民认为日本人都是卖白面吗啡的。日本平常动不动就说中国抗日侮日，其实如上边所说，使一地方人民都相信日本人专售吗啡，岂不更侮日之尤，而其原因还不是在于日本官民之不能自己爱惜国家名誉的缘故么？

以上诸例都可以做我的证明。假如五十岚力的话不错，日本民族是喜欢明净直的，那么这些例便即可以证明其对中国的行动都是黑暗污秽歪曲，总之所表示来全是反面。日本人尽有他的好处，对于中国却总不拿什么出来，所有只是恶意，而且又是出乎情理的离奇。这是什么缘故呢？平日只看见日本文化的人对于这件事实当然要感到十分诧异，百思不得其解的。我说这是当然，盖因此不属文化分内事，虽贤哲亦无如何者也。但是我既然搬出这问题来了，无论对不对总得与以一种解决才行，文化方面的路已经走不通，那么就来走反面的路看，贤哲没有办法，那么就去找愚不肖的来吧，我这里只好来提出反文化说作解释，大家请勿笑话，如有更好的说法，不佞愿伫候明教也。

我看日本现在情形完全是一个反动的局面，分析言之其分子有二，其一是反中国文化的，即是对于大化革新的反动，其二是反西洋文化的，即是对于明治维新的反动，是也。我们推重日本的文化谓其自有独立的地位与价值，但其以中国及西洋文化为根本则是事实，而汉文化的影响为尤大，盖年代久远，所入者深，所及者广也。日本开国相传在基督前六百六十年，谨慎的学者则仍取孝德天皇大化元年（六四五）为纪年，是时为唐贞观十九年，日本初仿中国用年号，次年即实行改革，于历史上开一新年代，一切文化于以建立，而为之模范者则隋唐时制度文物也。千馀年来代远事繁，又学涉专门，不佞未敢妄谈，只就现代生活来说，汉文化迫压的痕迹也还是历历可睹。略举一例如文字，汉字至今还为中学生所必修，汉字到处皆是，不但可笑的日本式罗马字未能通用，即日本假名亦终未能取汉字而代之，有一时候最出风头的断然处置呀膺惩等等话还不得不用汉语，这真是一段大喜剧。用毛笔与筷子似乎成一系统，日本也套在这圈子里没法摆脱，于是艺术与生活上有好些事情便又都只好跟着走，虽然成就自然可以有高下不同，这种文化的债务在当时虽很是欣感，后来也会渐渐觉得是一个压迫，特别是自己站得起了而债主已是落魄的时候。民国前太炎先生居东京，有人找他写字，常抄《孟子·离娄下》的数语与之，文云：

> 逄蒙学射于羿，尽羿之道，思天下惟羿为愈己，于是杀羿。

太炎先生的愤慨是难怪的，但是天下的负恩杀师其原因并不一定为的是愈己，实在有许多也因为是太不如己了，无意识的感着屈辱，想乱暴的反抗一下，才能轻松的吐一口气。这种行动显见得很不太雅，不过在世间也不是不可体谅的事情，在日本的汉文化的压迫实在太沉重了，明治维新以借用西洋文化成功之后，甲午之役出手一试，打胜了中国，反汉文化的反动便逐渐进行，现在差不多到了绝顶，仿佛有的失了正气，便成了如上文所说的状态。日本第二次的大改革即明治维新，从攘夷忽而转为借用西洋文化，这的确不愧为一大英断。但是反西洋文化的反动也旋即抬头，近年中乃与[①]反汉文化的反动一同爆发，这在脱离国际联盟时松冈洋右的拂袖子，与主张焦土外交时内田康哉的台步里可以看出来，——说也奇怪，此二人的行动看去却仿佛都是美国电影式，全不像我们想

【锺校】

① 原无“与”字，今增。

象中的东方豪杰。国内有甘心给军人做听差的右倾政客文人新闻家不张旗鼓，结果提到了日本宪法学的功劳者美浓部达吉，拿这老头儿来祭旗，也做个杀鸡惧猴的勾当，可见[①]他们是将大有作为，要努力来建立起“昭和维新”。果然“五一五”后还有“二二六”，轰轰烈烈的闹了起来，事虽未成，右派势力之不可侮总是很明白的。明治维新的主要特色是尊王倒幕，借用西洋文化，右派当然是极端国粹主义，那么他们对于上述特色至少也总要修改吧，即使未便推倒。尊王是无疑的，我想如真是国粹主义则幕府制度似乎也未可厚非，西洋文化是不行的，但船坚炮利的一部分或当除外吧。这是我所拟议的日本右派所应取的态度，觉得如此才合情理，虽然以我国人的意见来说决无佐幕的理由，兹不过借箸代谋，应有尽有的说而已。德川系是完了，侯爷只可去弄外交政治，不能再作将军，不过根据数百年历史上的经过，数十年教育言论的灌输，加以目下强有力的指导与运动，或者日本人民觉得在皇室之下设一军人内阁或曰幕府，只是非世袭而为亲任，似未始不较代议政治为更是国粹的吧。我近来常在等候这种主张的发生，这也别无作用，只

【锺校】

①“见”原作“是”。

觉得这样才讲得通，可惜不幸而吾言不中，至今竟没有人主张复兴幕府，明说要军人专政，大家都只嚷嚷说“法羞”，这令我听了始而固然失望，继而也不禁微笑。夫“法羞”者何也？义大利语 fascio，日本用作法西斯党或其主义解，非日本语也。日本右派欲作右倾的反动，却仍不得不借用欧语，吾于是深感到西洋文化迫压之深，殆不下于汉文化，其发生反抗的反动者宜也，惟其主动的国粹主义尚戴着西洋货的鬼面，此则颇可笑耳。据蔼理斯说，法西斯的发生须有三条件，即其一，国家昔曾有光荣而今已衰落，其二，人民有复兴的热意，其三，有人能担当此事业也。故德义土诸国合于此条件，英法则否，故蔼理斯以为此运动不能有为。日本情形正与英法同而与[1]德义土诸国异，国粹派有志右倾，无妨坦率直陈，苟所深信即主张幕府亦何不可，不必拾西人之唾馀，以为护符，徒见其无气力无诚意也。譬如鸦片公卖虽非盛事，但假如有充足的理由，真是利多害少，便不妨卖，直称曰雅片，土药云云已嫌多事，若讳之曰西北货，美之曰国货，不说别的，抑何其不大方乎。即非和尚喝酒，亦非穷汉偷鸡，不必隐语云般若汤，或曰

【锺校】

① 原无“与”字，今增。

踢球也。《系辞》云，失其守者其词屈。凡如上文所云皆不能免焉。

我用了日本反汉文化的反动来说明近来许多离奇的对华行动，自己知道不见得怎么靠得住，但是除此以外更没有方法可以说明，只好姑且以此敷衍。友人来谈，把大意告诉他，他不很以为然，说日本的这手段并不专是对中国人用的，在本国也是如此，不过程度稍有不同罢了。举出例来有三月初北平日文报《新支那》上所载有称支那一读者的投书，有云：

> 贵报说中国人不大尊重人命的事情，甚是痛快。但是日本记者诸君这样说，我想不妥当吧。为什么呢？因为日本似乎也并不[①]是怎么尊重人命的地方。在那大地震的时候，造出朝鲜人的谣言，把他们杀了许多，又因了官宪的命令，不但是大杉荣夫妇，连无罪的小孩儿也都虐杀了。这些事不说也罢，因为这些相隔了十四五年，青年们大抵都已不记得了吧。那么现在且来谈那满洲事变之[②]后的，犬[③]养木堂翁的暗杀事件，不，

【锺校】

① 原无“不”字，今增。
② “之”原作“直”。
③ “犬”原作“太”。

那并不是暗杀，非说明杀不可也未可知。明暗虽有区别，断人家的生命总是一样吧。现役军官杀了现任的内阁总理，还有成千成万的人民出来请愿减刑，减了刑的陆海军士官们又都恬不知耻的活着，真是奇事。我不知道武士是什么东西，但从戏文和说书上也听到过一点儿，在那有名的“五一五”事件里什么地方还留存着少许武士道的东西呢，我想来想去总是不懂。断了人家的性命，自己的生命是可惜的。这或不是残忍亦说不定，但难免是卑怯。（据上海《立报》译文）

在我的《管窥之一》也曾说及云：

其次还有民间主谋的一团人，首领井上日召据说是和尚，初审判了死刑，再审却减了等，据报上说是旁听的那些亲戚家属听了减刑的判决都喜欢得合掌下泪。我看了这记事却觉得满身不愉快，阿弥陀佛，日本的武士道真扫地以尽了。主谋杀人的好汉却怎地偷生恶死，何况又是出家人，何其看不透耶。

照这样看来，日本人对于自家人的行动也差不多，亦何尝明净直耶。其原因何在，鄙人不敏无从解说，只能正直的自白云不懂耳。

我平常这样想，日本民族与中国有一点很相异，即是宗教信仰，如关于此事我们不能够懂得若干，那么这里便是一个隔阂没有法子通得过。中国人也有他的信仰，如吾乡张老相公之出巡，如北平妙峰山之朝顶，我觉得都能了解，虽然自己是神灭论者，却理会得拜菩萨的信士信女们的意思。我们的信仰仿佛总是功利的，没有基督教的每饭不忘的感谢，也没有巫教的降神的歌舞，盖中国的民间信仰虽多是低级而不热烈者也。日本便似不然，在他们的崇拜仪式中往往显出神凭或如柳田国男氏所云“神人和融”的状态，这在中国绝少见，也是不[①]容易了解的事。浅近的例如乡村神社的出会，神舆中放着神体并不是神像，却是不可思议的代表物如石，或木，或不可得见不可见的别物，由十六人以上的壮丁抬着走，而忽轻忽重忽西忽东，或撞毁人家的门墙，或停在中途不动，如有自由意志似的，舆夫便只如蟹一爪，非意识的动着。柳田氏所著《祭礼与世间》第七中有一段说得很好：

> 我幸而本来是个村童，有过在祭日等待神舆过来那种旧时情感的经验。有时候便听人说，今年不知怎的御神舆特别的发野呀。这时候便会有这种情形，仪仗已经到了十字路口了，可是神舆

【锺校】

① 原无“不”字，今增。

老是不见，等到看得见了也并不一定就来，总是左倾右侧，抬着的壮丁的光腿忽而变成了 Y 字，忽而又变成 X 字，又忽而变成 W 字，还有所谓举的，常常尽两手的高度将神舆高高的举上去。

这类事情在中国神像出巡的时候是绝没有的，至少以我个人浅陋的见闻来说总是如此。如容我们掉书袋，或者希腊古代所谓酒神祭时的仪式颇有相似亦未可知，不过那祭典在希腊也是末世从外边输入的，而且在爱好希腊文化的人看去也未必感到亲近，虽然这在民间信仰的研究上极是重要。日本的上层思想界容纳有中国的儒家与印度的佛教，近来又加上西洋的哲学科学，然其民族的根本信仰还是似从南洋来的神[①]道教，他一直支配着国民的思想感情，少数的贤哲有时能够脱离了，或把他醇化些，可是不能动得他分毫，得到有事时主动的仍是那些神凭的英雄，演出来的便是那一套把戏。我想假如我能够懂抬神舆的壮丁的心理，那么我也能够了解日本的对华行动的意思了吧。可惜我不能，我自己没有什么宗教情绪，对于这些事情简直张不开口来，别说想去啃一下了。而不懂得日本神道教信徒的精神状态便决不能明白日本的许多事

【锺校】

① 原无“神”字，今增。

情，结果我不得不绝望，声明我不能懂，上边所说的也都是费话，只馀这不懂的一句声明，这一句话却是很有价值的，或者在我的《管窥》四篇这是最有价值的话亦未可知。

日本常以书画美术等中国系统的文化给西洋人去看，又以机器兵械等西洋系统的文化给中国人来看，其所特有的神道教精神却并不提出来，人家并不大注意，其实这是大可表彰的，日本如要为右倾运动找一个灵魂，这就是的，亦无妨称之曰国粹。我们平日喜谈日本文化，虽然懂得少数贤哲的精神所寄，但于了解整个国民上我可以说没有多大用处，而且这种文化所表示者往往与事实现状背驰，我们即力加辨明，在常人看去难免以为终是诳语耳。日本文化可谈，而日本国民性终于是谜似的不可懂，则许多切实的问题便无可谈，文化亦只清谈而已。我既声明不懂，就此结束管窥，正是十分适宜也。

（廿六年六月十六日于北平）

日本之再认识

我在日本住过六年，但只在东京一处，那已是三十年前的事了。其时正是明治时代的末期，在文学上已经过了抒情的罗曼主义运动，科学思想渐侵进文艺领域里来，成立了写实主义的文学，这在文学史上自有其评价，但在我个人看来，虽然不过是异域的外行人的看法，觉得这实在是一个伟大的时代，仿佛我们看顶好的作物大都成长——至少也是发芽于那个时期的。那时的东京比起现在来当然要差得远，不过我想西方化并不一定是现代化，也更不见得即是尽美善，因此也很喜欢明治时代的旧东京，七年前我往东京去，便特地找那震灾时未烧掉的本乡区住了两个月。我们去留学的时候，一句话都不懂，单身走入外国的都会去，当然会要感到孤独困苦，我却并不如此，对于那地方与时代的空气不久便感到协和，而且还觉得可喜，所以我曾称东京是我的第二故乡，颇多留恋之意。一九一一年春间，所作古诗中有句云，远游不思归，久客恋异乡，即致此意，时即清朝之末一年也。

我所知道的日本地方只是东京一部分，其文化亦只是东京生活与明治时代的文学，上去到江户时代的文学与美术为止，也还是在这范围内，所以我对于日本的了解本来是极有限的。我很爱好日本的日常生活，五六年前曾在随笔中说及，主要原因在于个人的性分与习惯。我曾在《怀东京》那篇小文中说过，我是生长于中国东南水乡的人，那里民生寒苦，冬天屋里没有火气，冷风可以直吹进被窝来，吃的通年不是很咸的腌菜也是很咸的腌鱼，有了这种训练去过东京的下宿生活，自然是不会不适合的。可是此外还有第二的原因，这可以说是思古之幽情。我们那时又是民族主义的信徒，凡民族主义必含有复古思想在里边，我们反对清朝，觉得清以前或元以前的差不多都好，何况更早的东西。听说从前夏穗卿钱念劬两位先生在东京街上走着路，看见店铺招牌的某文句或某字体，常指点赞叹，谓犹存唐代遗风，非现今中国所有。这种意思在那时大抵是很普通的。我们在日本的感觉，一半是异域，一半却是古昔，而这古昔乃是健全地活在异域的，所以不是梦幻似的空假，而亦与朝鲜安南的优孟衣冠不相同也。为了这个理由我们觉得和服也很可以穿，若袍子马褂在民国前都作胡服看待，章太炎先生初到日本时的照相，登在《民报》上的，也是穿着和服，即此一小事亦可以见那时一般的空气矣。关于食物我曾说道：

> 吾乡穷苦，人民努力才得吃三顿饭，唯以腌菜臭豆腐螺蛳当菜，故不怕咸与臭，亦不嗜油若命，到日本去吃无论什么都无不可。有些东西可以与故乡的什么相比，有些又即是中国某处的什么，这样一想更是很有意思。如味噌汁与干菜汤，金山寺味噌与豆板酱，福神渍与酱咯哒，牛蒡独活与芦笋，盐鲑与勒鲞，皆相似的食物也。又如大德寺纳豆即咸豆豉，泽庵渍即福建之黄土萝卜，蒟蒻即四川之黑豆腐，刺身即广东之鱼生，寿司即古昔的鱼鲊，其制法见于《齐民要术》，此其间又含有文化交通的历史，不但可吃，也更可思索。家庭宴集自较丰盛，但其清淡则如故，亦仍以菜蔬鱼介为主，鸡豚在所不废，唯多用其瘦者，故亦不油腻也。

谷崎润一郎在《忆东京》一文中很批评东京的食物，他举出鲫鱼的雀烧与叠鳎来作代表，以为显出脆薄贫弱，寒乞相，无丰腴的气象，这是东京人的缺点，其影响于现今以东京为中心的文学美术之产生者甚大。他所说的话自然也有一理。但是我觉得这些食物之有意思也就是这地方，换句话可以说是清淡质素，他没有富家厨房的多油多团粉，其用盐与清汤处却与吾乡寻常民家相近，在我个人是很以为好的。假如有人请吃酒，无论鱼翅燕窝以至熊掌我都会吃，正如大葱卵蒜我也会吃一样，但没得吃时决不想吃，或看了人家吃便害馋，我所想吃的如奢侈一点还是白鲞汤一类，其次是鳘鱼鲞汤，还有一种用挤了虾仁的大虾壳，砸碎了的鞭笋的不能吃的老头，再加干菜而蒸成的不知名叫什么的汤，这实在是寒乞相极了，但越人喝得滋滋有味，而其有味也就在这寒乞即清淡质素之中，殆可勉强称之曰俳味也。

日本房屋我也颇喜欢，其原因与食物同样的在于他的质素。我曾说，我喜欢的还是那房子的适用，特别便于简易生活。又说，四席半一室面积才八十一方尺，比维摩斗室还小十分之二，四壁萧然，下宿只供给一副茶具，自己买一张小几放在窗下，再有两三个坐褥，便可安住。坐在几前读书写字，前后左右皆有空地，都可安放书卷纸张，等于一大书桌，客来遍地可坐，容六七人不算拥挤，倦时随便卧倒，不必另备沙发椅，深夜从壁厨取被褥摊开，又便即正式睡觉了。昔时常见日本学生移居，车上载行李只铺盖衣包小几或加书箱，自己手提玻璃洋油灯在车后走而已。中国公寓住室总在方丈以上，而板床桌椅箱架之外无多馀地，令人感到局促，无安闲之趣。大抵中国房屋与西洋的相同，都宜于华丽而不宜于简陋，一间房子造成，还是行百里者半九十，非是有相当的器具陈设不能算完成。日本则土木功毕，铺席糊门，即可居住，别无一点不足，而且觉得清疏有致。从前在日向旅行，在吉松高锅等山村住宿，坐在旅馆的朴素的一室内凭窗看山，或着浴衣躺席上，要一壶茶来吃，这比向来住过的好些洋式中国式的旅舍都要觉得舒服，简单而省费。现在想起来，诚如梁实秋君所云，中国的菜或者真比外国好吃，中国的长袍布鞋比外国舒适，但是关于房屋，至少是燕居的房间，我还是觉得以日本旧式的为最好，盖三十馀年来此意见未有变动也。

日本生活里的有些习俗我也喜欢，如清洁，有礼，洒脱。洒脱与有礼这两件事一看似乎有点冲突，其实却并不然，洒脱不是粗暴无礼，他只是没有宗教的与道学的伪善，没有从淫佚发生出来的假正经，最明显的例是对于裸体的态度。蔼理斯在论《圣芳济及其他》（*St. Francis And Others*）文中有云：

希腊人曾将不喜裸体这件事看作波斯及其他夷人的一种特性，日本人——别一时代与风土的希腊人——也并不想到避忌裸体，直到那西方夷人的淫佚的怕羞的眼告诉他们，我们中间至今还觉得这是可嫌恶的，即使单露出脚来。

我现今不想来礼赞裸体，以免骇俗，但我相信日本民间赤足的风俗总是极好的，出外固然穿上木屐或草履，在室内席上便白足行走，这实在是一件很健全很美的事，我所嫌恶的中国恶俗之一是女子的缠足，所以反动的总是赞美赤足，想起两足白如霜不着鸦头袜之句，觉得青莲居士毕竟是可人，在中国人中殊不可多得。我常想，世间鞋类里边最善美的要算希腊古代的山大拉（Sandala），闲适的是日本的下驮（Geta），经济的是中国南方的草鞋，而皮鞋之流不与也。凡此皆取其不隐藏，不装饰，只是任其自然，却亦不至于不适用与不美观。此亦别无深意，不过鄙意对于脚或身体的别部分以为解放总当胜于束缚与隐讳，故于希腊日本的良风美俗不能不表示赞美，以为诸夏所不如也。希腊古国恨未及见，日本则幸曾身历，每一出门去，即使别无所得，只见憧憧往来者都是平常人，无一裹足者在内，如现今在国内行路所常经验，见之令人愀然不乐者，则此一事亦已大可喜矣。

我对于日本生活之爱好只以东京为标准，但是假如这足以代表全日本，地方与时代都不成问题，那时东京的生活比后来更西洋化的至少总更有日本的特色，那么我的所了解即使很浅也总不大错，不过我凭的是经验而不是理论，所以虽然自己感觉有切实的根底，而说起来不容易圆到，又多凭主观，自然观察不能周密，这实是无可如何的事。因为同样的理由，我对于日本文学艺术的了解也只是部分的，在理论上我知道要寻求所谓日本精神于文学上必须以奈良朝以上为限，《古事记》与《万叶集》总是必读的，其次亦应着力于平安朝，盖王朝以后者乃是幕府的文学，其意义或应稍异矣。但是，古典既很不易读，读了也未能豁然贯通，像近代文学一样，觉得他与社会生活是相连的，比较容易了解。我只知道一点东京的事，因此我感觉有兴趣的也就是以此生活为背景的近代的文学艺术，目前是明治时代，再上去亦只以德川时代为止。民国六年来北京后这二十年中，所涉猎杂书中有一部分是关于日本的，大抵是俳谐，俳文，杂俳，特别是川柳，狂歌，小呗，俗曲，洒落本，滑稽本，小话即落语等，别一方面则浮世绘、大津绘，以及民艺，差不多都属于民间的，在我只取其不太难懂，又与所见生活或可互有发明耳。我这样的看日本说不上研究，却自己觉得也稍有所得，我当时不把日本当作一个特异的国看，要努力去求出他特别与别人不同的地方来，我只径直的看去，就自己所能理解的加以注意，结果是找着许多与别人近同的事物，这固然不能作为日本的特征，但因此深觉到日本的东亚性，盖因政治情状，家族制度，社会习俗，文字技术之传统，儒释之思想交流，在东亚民族间多是大同小异，从这里着眼看去，便自然不但容易理解，也觉得很有意义了。在十七八年前我曾说过，中国在他独特的地位上特别有了解日本的必要与可能，就是这种意思。我向来不信同文同种之说，但是觉得在地理与历史上比较西洋人则我们的确有此便利，这是权利，同时说是义务亦无什么不可。永井荷风在所著《江户艺术论》第一篇浮世绘之鉴赏中曾云：

> 我反省自己是什么呢？我非威耳哈伦（Verhaeren）似的比利时人而是日本人也，生来就和他们的运命及境遇迥异的东洋人也。恋爱的至情不必说了，凡对于异性之性欲的感觉悉视为最大的罪恶，我辈即奉戴此法制者也。承受“胜不过啼哭的小孩和地主”的教训的人类也，知道“说话则唇寒”的国民也。使威耳哈伦感奋的那滴着鲜血的肥羊肉与芳醇的蒲桃酒与强壮的

> 妇女之绘画，都于我有什么用呢？呜呼，我爱浮世绘。苦海十年为亲卖身的游女的绘姿使我泣，凭倚竹窗茫然看着流水的艺妓的姿态使我喜，卖宵夜面的纸灯寂寞地停留着的河边的夜景使我醉，雨夜啼月的杜鹃，阵雨中散落的秋天树叶，落花飘风的钟声，途中日暮的山路的雪，凡是无常无告无望的，使人无端嗟叹此世只是一梦的，这样的一切东西于我都是可亲，于我都是可怀。

永井氏的意思或者与我的未必全同，但是我读了很感动，我想从文学艺术去感得东洋人的悲哀，虽然或者不是文化研究的正道，但岂非也是很有意味的事么？我在《怀东京》一文中曾说，无论现在中国与日本怎样的立于敌对的地位，如离开一时的关系而论永久的性质，则两者都是生来就和西洋的运命及境遇迥异之东洋人也。我们现时或为经验所限，尚未能通世界之情，如能知东洋者斯可矣。我们向来不自顾其才力之不逮而妄谈日本文化者盖即本此意，并非知己知彼以求制胜，实只是有感于阳明“吾与尔犹彼也”之言，盖求知彼正亦为欲知己计耳。

这种意见怀抱了很久，可是后来终于觉悟，这是不很可靠的了。如只于异中求同，而不去同中求异，只是主观的而不去客观的考察，要想了解一民族的文化，这恐怕至少是徒劳的事。我们如看日本文化，因为政治情状，家族制度，社会习俗，文字技术之传统，儒释思想之交流等，取其大同者为其东亚性，这里便有一大谬误，盖上所云云实只是东洋之公产，已为好些民族所共有，在西洋看来自是最可注目的事项，若东亚人特别是日华朝鲜安南缅甸各国相互研究，则最初便应罗列此诸事项束之高阁，再于大同之中求其小异，或至得其大异者，这才算能了解得一分，而其了解也始能比西洋人更进一层，乃为可贵耳。我们前者观察日本文化，往往取其与自己近似者加以鉴赏，不知此特为日本文化中东洋共有之成分，本非其固有精神之所在。今因其与自己近似，易于理解而遂取之，以为已了解得日本文化之要点，此正是极大幻觉，最易自误而误人者也。我在上边说了许多对于日本的观察，其目的便只为的到了现在一笔勾消，说明所走的路全是错的，我所知道的只是日本文化中之东亚性一面，若日本之本来面目可以说是不曾知道，欲了知一国文化，单求之于文学艺术，也是错的，至少总是不充分。对于一国文化之解释总当可以应用于别的各方面，假如这只对于文化上适合，却未能用以说明其他的事情，则此解释亦自不得说是确当。我向来的意见便都不免有这些缺点，因此我觉得大有改正之必要，应当于日本文化中忽略其东洋民族共有之同，而寻求其日本民族所独有之异，特别以中国民族所无或少有者为准。这是什么呢？我不能知道，所以我不能说。但是我也很考虑，我猜想，这或者是宗教罢？十分确定的话我还不能说，我总觉得关于信仰上日华两民族很有些差异，虽然说儒学与佛教在两边同样的流行着。中国人也有他的信仰，如吾乡张老相公之出巡，如北京妙峰山之朝顶，我觉得都能了解，虽然自己是神灭论的人，却很理会得拜菩萨的信士信女们的意思，我们的信仰仿佛总是功利的，没有基督教徒的每饭不忘的感谢，也没有巫师的降神的歌舞，盖中国的民间信仰虽多是低级的而并不热烈或神秘者也。日本便似不然，在他们的崇拜仪式中往往显出神凭（Kamigakari）或如柳田国男氏所云神人和融的状态，这在中国绝少见，也是不容易了解的事。浅近的例如乡村神社的出巡，神舆中放着神体，并不是神像，却是不可思议的代表如石或木，或不可得见不可见的别物，由十六人以上的壮丁抬着走，而忽轻忽重，忽西忽东，或撞毁人家门墙，或停在中途不动，如有自由意志似的，舆夫便只如蟹的一爪，非意识的动着。外行的或怀疑是壮丁们的自由行动，这事便不难说明，其实似并不如此简单。柳田氏在所著《祭祀与世间》第七节中有一段说得好：

> 我幸而本来是个村童，有过在祭日等待神舆过来那种旧时感情的经验。有时便听人说，今年不知怎的，御神舆是特别发野呀。这时候便会有这种情形，仪仗早已到了十字路口了，可是神舆老是不见，等到看见了也并不一定就来，总是左倾右侧，抬着的壮丁的光腿忽而变成 Y 字，又忽而变成 X 字，又忽而变成 W 字，还有所谓举起的，常常尽两手的高度将神舆高高的举上去。

这类事情在中国神像出巡的时候是绝没有的，至少以我个人浅近的见闻来说总是如此。如容我们掉书袋，或者希腊古代所谓酒神祭时的仪式里有相似处亦未可知，不过那祭典在希腊也是末世从外边移入的，日本的情形又与此不同。日本的上层思想界容纳有中国的儒家与印度的佛教，近来又加上西洋的科学，然其民族的根本信仰还是本来的神道，这一直支配着全体国民的思想感情，上层思想界也包含在内。知识阶级自然不见有神舆夫的那神凭状态了，但是平常文字中有些词句，如神国，惟神之道（Kaminagara no michi）

等，我们见惯了，觉得似乎寻常，其实他的真意义如日本人所了解者我们终不能懂得，这事我想须是诉诸感情，若论理的解释怕无是处，至少也总是无用。要了解日本，我想须要去理解日本人的感情，而其方法应当是从宗教信仰入门。可惜我自己知道是少信的，知道宗教之重要性而自己是不会懂得的，因此虽然认识了门，却无进去的希望。我常想，有时也对日本友人说，为的帮助中国人了解日本，应当编印好些小书，讲日本神社的祭祀与出巡，各处的庙会即缘日情形，乡村里与中国不同的各种宗教行事与传说，文字图画要配列得好，这也是有意义的事。我们涉猎东洋艺文，常觉得与禅有关系，想去设法懂得一点，以为参考。其实这本不是思想，禅只是行，不是论理的理会得的东西，我们读禅学史，读语录，结果都落理障，与禅相隔很远，而且平常文学艺术上所表现的我想大抵也只是老庄思想的一路，若是禅未必能表得出，即能表出亦不能懂得，如语录是也。这样说来，图说亦是无用，盖欲了解一民族的宗教感情，眼学与耳食同样的不可靠，殆非有经历与体验不可也。我很抱歉自己所说的话多是否定的，但是我略叙我对于日本的感想，又完全把它否定了，却也剩下一句肯定的话。即是说了解日本须自宗教入手，这句话虽是很简短，但是极诚实，极重要的。孔子曾说："知之为知之，不知为不知，是知也。"我虽不敢自附于儒家之林，但于此则不敢不勉也。

（廿九年十二月十七日）[①]

【锺校】

① 此文于1942年1月1日初刊《中和月刊》，曾收入《药味集》。文末原有《附记》，收入本集时删去，可参见《药味集》。

图书在版编目(CIP)数据

知堂乙酉文编/周作人著作;锺叔河编订. —长沙:岳麓书社,2020.10
ISBN 978-7-5538-1214-4

Ⅰ.①知… Ⅱ.①周…②锺… Ⅲ.①散文集—中国—现代
Ⅳ.①I266

中国版本图书馆 CIP 数据核字(2019)第 284634 号

ZHITANG YIYOU WEN BIAN
知堂乙酉文编
周作人著作 锺叔河编订
特约编辑:鄢 琨
责任编辑:蒋 浩
责任校对:舒 舍
书籍设计:风格八号

岳麓书社出版发行
地址:湖南省长沙市爱民路 47 号
直销电话:0731-88804152 0731-88885616
邮编:410006

版次:2020 年 10 月第 1 版
印次:2020 年 10 月第 1 次印刷
开本:787mm×1092mm 1/32
印张:6.25
字数:102 千字
印数:1—6 000
ISBN 978-7-5538-1214-4
定价:25.00 元

承印:长沙鸿发印务实业有限公司

如有印装质量问题,请与本社印务部联系
电话:0731-88884129